Aus dem Herzen, für die Seele

Geschichten, um einander mit anderen Augen zu sehen

von Lilly Haller

Wichtiger Hinweis des Verlags: Der Verlag hat sich bemüht, die Copyright-Inhaber aller verwendeten Zitate, Texte, Bilder, Abbildungen und Illustrationen zu ermitteln. Leider gelang dies nicht in allen Fällen. Sollten wir jemanden übergangen haben, so bitten wir die Copyright-Inhaber, sich mit uns in Verbindung zu setzen.

Inhalt und Form des vorliegenden Bandes liegen in der Verantwortung der Autorin.

Bibliografische Information der Deutschen Nationalbibliothek
Die Deutsche Nationalbibliothek verzeichnet diese Publikation in der Deutschen Nationalbibliografie; detaillierte bibliografische Daten sind im Internet über *http://dnb.d-nb.de* abrufbar.

Printed in Germany

ISBN 978-3-96557-134-1 (Print)

Verlag:	ZIEL – Zentrum für interdisziplinäres erfahrungsorientiertes Lernen GmbH Zeuggasse 7–9, 86150 Augsburg, www.ziel-verlag.de 1. Ausgabe 2024
Fotos:	Clara Klaus und Heike Haller
Gemalt haben:	Michaela Kunz, Nicola Wiedemann, Amelie Herdrich, Lilly Haller
Lektorat:	Michael Rehm, Alex Ferstl
Gestaltung:	FRIENDS Menschen Marken Medien www.friends.ag

KLIMANEUTRAL
CLIMATELINE | ID: 50855

Umweltfreundlich gedruckt bei **deVega** Medien

WIDMUNG

Das Buch soll ein Geschenk für alle sein,
die mich immer ernst genommen haben
und für meine Freundin Romy,
die jetzt in einer anderen Welt ist,
in der sie tanzen und ganz
ohne Schmerzen sein kann.

INHALTSVERZEICHNIS

EINLEITUNG

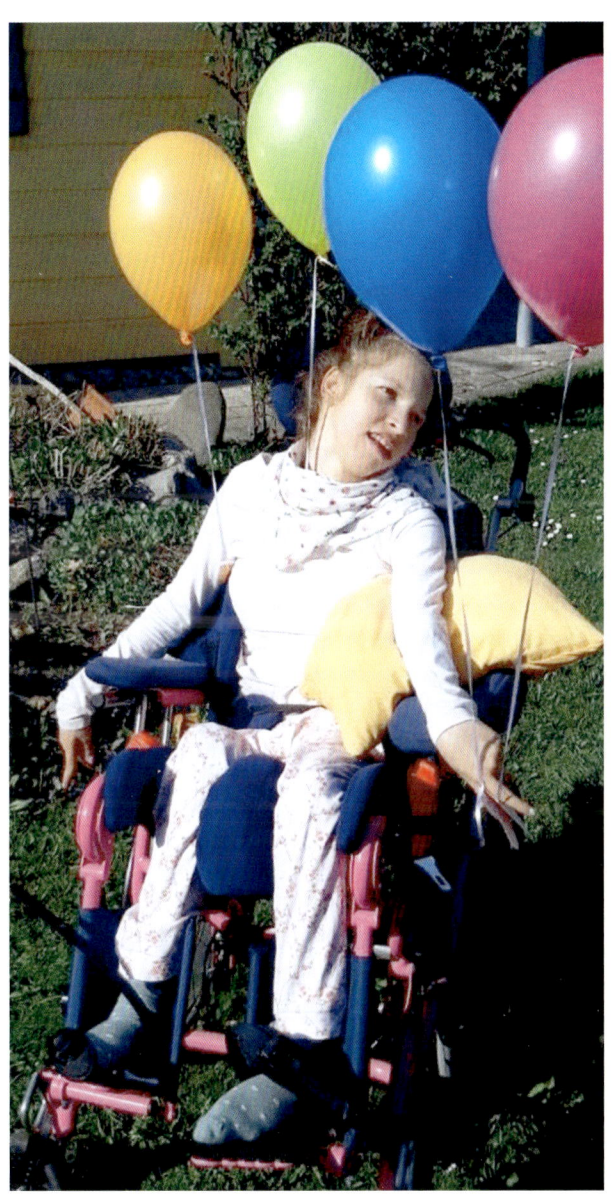

ICH – HINTER DER TÜR

Ich bin 16 Jahre alt und das, was man ein körperlich schwer behindertes Kind nennt.

Ich kann nicht sprechen und meinen Körper kann ich nicht so bewegen, wie ich es gerne tun würde. Das macht es immer sehr schwer. Ich muss mich immer darauf verlassen, dass die Menschen, die bei mir sind, gut aufpassen, ob ich auch gut sitze oder liege.

Manchmal würde ich gerne mit meinem Körper davonlaufen, das geht aber nicht.

Oft ist es sehr schwer für mich, weil mich viele als ein körperlich behindertes Mädchen sehen, das ganz klar auch geistig behindert sein muss.

Ich war immer gierig nach Buchstaben und Zahlen, aber das wusste niemand, bis Mama angefangen hat, mit mir Buchstaben und Wörter zu lernen. Sie hat meine Freude bemerkt und immer weitergemacht. Ich konnte mir alles gut merken. Auch die Wörter, die überall bei uns in der Wohnung hingen, haben mir sehr geholfen. Bald konnte ich die Wörter lesen, und so habe ich auch langsam andere Wörter gelernt. Auch weil mir immer viel vorgelesen wurde, konnte ich mitlesen und üben. So wurde mein Wortschatz riesengroß.
Aber niemand wusste, wie gut ich es konnte. Auch konnte ich keine Fragen stellen.
Ich musste warten, bis jemand die Türe zu mir fand.
Ich musste geduldig sein – ich war geduldig!
Es gab viele Gedanken, die mir den Mut genommen und mich sehr traurig gemacht haben.

Aber am meisten war ich besorgt: Was, wenn die Türe zu mir niemals gefunden wird? Würde ich das ertragen können?

Eigentlich hatte ich mich auf die Schule gefreut, ich wollte immer viel lernen. Das war eine große Erwartung von mir an die Schule. Umso mehr war ich enttäuscht, als ich bemerkte, dass die Lehrer sich nicht darum bemühen, uns das Lesen und Schreiben beizubringen. Die Zeit verging ungenutzt. Mir war klar, dass in dieser Schule, in der ich war, niemand meine Türe finden würde.

Immer konnte ich niemandem erzählen, was in mir vorging. Ich war verzweifelt und die Lage war hoffnungslos für mich. Ich war mit mir allein und niemand konnte zu mir herein.

Eingesperrt, in mir allein.

Es war sehr einsam mit mir so ganz allein. Meine Familie ist und war immer sehr besorgt, sonst wäre ich verrückt geworden. Es war so, wie wenn man durch eine Scheibe alles beobachten und schreien kann, aber niemand hört einen.

Mit der Zeit habe ich mich daran gewöhnt, so allein zu sein. Viele Ängste kann ich erst, jetzt wo ich darüber schreiben kann, verarbeiten. Nun kann ich meine Gefühle benennen und anschauen.

Angst hatte ich sehr oft. Sie hat mich manchmal fast aufgefressen. Das kann man sich so vorstellen, wie wenn am Tag das Licht ausgeht. Ich konnte ja niemandem davon erzählen. Die Angst war auch in mir eingesperrt. Ich hatte nachts oft scheußliche Träume, die mich nicht schlafen ließen.

Jeder kann etwas richtig gut, aber man muss die Möglichkeit bekommen, es herauszufinden. Es war bei mir auch nicht einfach. Wir brauchten sehr viel Geduld miteinander, denn Mama wusste nicht, was ich schon alles konnte, und ich machte gerne die Übungen mit, obwohl ich alles schon längst beherrschte.

Ich wusste nicht, ob Mama die Türe finden würde. Ab Januar 2020 war für mich eine aufregende Zeit, weil ich wusste, wir sind nah dran.

SO LERNTE ICH DAS SCHREIBEN – DIE TÜR ÖFFNET SICH

Es war so, dass ich in der Ergotherapie gelernt habe, mit den Armen rechts und links zu zeigen. Das hat schnell geklappt. Dann hat Mama mir mit Buchstaben und Wörtern verschiedene Aufgaben gestellt, die ich mit den Armen beantworten konnte. Der rechte Arm für ja, der linke für nein. So konnte ich schon zeigen, dass ich Wörter lesen und zuordnen konnte.

In der Musiktherapie haben wir mit verschiedenen Instrumenten die Armbewegungen im regelmäßigen Rhythmus gut trainiert. Ich lernte verschiedene Lieder zu begleiten. Es hat mir großen Spaß gemacht. Anfangs hat Mama meine Bewegungen geführt. Später konnte ich die Armbewegungen fast selber. Dadurch sind die Bewegungen sicherer geworden. Es ist aber so, dass ich immer jemanden brauche, der mir hilft, die Bewegung zu verstärken und um die Klangbausteine zu treffen. Der Bewegungsimpuls kommt aber immer von mir.
Nur selber etwas sagen, das konnte ich immer noch nicht.

Aber ich weiß noch gut, als ich dann mit Mama im August 2020 an einem Onlineseminar teilgenommen habe. Mama war mal wieder auf der Suche, wie sie mit mir weitermachen könnte. Sie war sich jetzt sicher, dass ich alle Buchstaben beherrschen würde. Ich war sehr gespannt, ob es uns was bringen würde.

Danach organisierte Mama Buchstabenstempel. Die Buchstaben auf Farben aufzuteilen war eine Idee der Referentin. Wie ich jetzt die einzelnen Buchstaben auswählen sollte, das musste Mama noch überlegen. Ich war ziemlich nervös.

Als sie fertig war mit überlegen, kam sie mit fünf Farbkarten an.

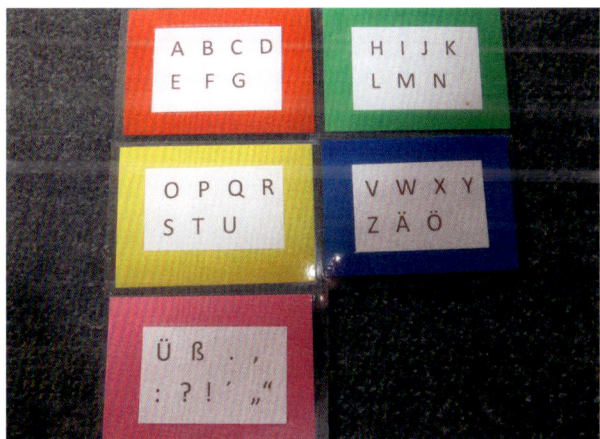

Dann war es so weit, wir haben zusammen „Lilly" geschrieben. Mama hat sich hinter mich gesetzt, ich musste beide Arme anwinkeln.
Zuerst las mir Mama die Farben vor. Ich wählte durch Herunterdrücken des Arms aus. Dann kamen die Buchstaben dran, die auf dieser ausgewählten Farbtafel standen.

Sie las mir alle vor und ich wählte und streckte den Arm aus.
Mama suchte dann den passenden Stempel und drückte ihn auf ein Blatt. So setzte sie geduldig Buchstabe für Buchstabe auf das Papier.

Das System hatte ich sofort verstanden. Jetzt war ich dran. Ich musste zeigen, dass ich schreiben kann. Mein erster Satz, den ich geschrieben habe war: „Oma Gabi ist da." Es war wie ein Traum.

Meine Türe stand einen Spalt auf, und ein kleiner Lichtstrahl schien in mein Herz. Meine Freude war riesengroß, am liebsten hätte ich gleich weitergeschrieben. Aber Mama meinte, für heute würde es reichen. Am nächsten Tag ging es zum Glück weiter.

Als nächstes schrieb ich für Brigitte auf, welche Instrumente ich spielen wollte. Das war auch kein Problem. Dann stempelte ich meinen ersten Brief, den ich Brigitte für den Doktor mitgab. Ich hatte einen Riesenspaß, den zu schreiben. „Du Spaßvogel" habe ich geschrieben. Ich war mir sicher, dass er nicht böse auf mich sein wird, obwohl das schon ein bisschen frech war. Aber er hat nur gelacht und dann vor Freude geweint.

Immer war ich aufgeregt und dann, als das Schreibsystem fertig war, konnte ich endlich sagen, was ich will. Das war ein großartiges Gefühl in mir. Es war ein unglaublich, freudiges durcheinander, ein Regenbogen voller Hoffnungsfarben in mir.

Schnell sind uns die Stempel zu umständlich geworden und Mama hat immer mitgeschrieben. Ich konnte die Buchstabentafeln fix auswendig. Ich schrieb erste Geschichten und Gedichte und was wichtig ist. Dann merkte ich, wie es mir guttat, wenn ich auch mitreden kann und nicht nur „Ja" und „Nein" durch Augenzwinkern, sagen kann. Seit ich schreiben kann, geht es mir besser. Inzwischen können Mama und ich schon sehr schnell schreiben.

ICH MÖCHTE EUCH SO VIEL SAGEN – DIE TÜRE STEHT JETZT WEIT OFFEN

Die Türe zu mir ist also jetzt offen. Welch ein Glück, welch ein Geschenk. Ich bin sehr glücklich und dankbar, das Warten all die Jahre hat sich gelohnt. Das war vor drei Jahren, ich war 13 Jahre eingesperrt.
Immer habe ich was zu sagen. Aber noch muss immer meine Mama oder meine Schwester da sein, die mit mir schreibt.
Lesen kann ich schon länger. Auch das wusste niemand. Das konnte ich jetzt auch zeigen. Ich konnte Fragen zu Texten oder Geschichten beantworten. Ich kann jetzt gut erzählen, wie ich die Welt um mich wahrnehme und auch die Musik. Ich mag Musik. Sie kann meine Seele ein wenig streicheln. Ich will den Rhythmus ganz genau spüren. Er gibt mir etwas, daran kann ich mich festhalten.
Das ist ein Gefühl, wie wenn mich jemand hält. Die gleichmäßigen Töne mag ich gerne selber spielen. Es gibt mir auch Sicherheit.
Musik ist ein Tor, durch das ich in andere Welten sehen kann. Da bin ich leicht wie eine Feder und kann meinen störrischen Körper zurücklassen. Ich tanze auf einer weichen Wolke.

♥ Ich kann ganz frei sein und fühle mich wohl.

Es ist ja so, dass es für mich sehr schlimm war, alles zu verstehen und nichts sagen zu können. Gerne hätte ich mal widersprochen oder meine Gedanken gesagt. Das alles konnte aber nicht raus. Das alles ist noch in mir und manches tut noch sehr weh. Ich habe fast vergessen, wie es war, als ich mal wieder

so traurig war und in diesem Loch gesessen bin.
Es war so hoffnungslos und schrecklich. Ich meine,
dass ich das schon noch weiß, aber es hat sich verändert, aber es gehört immer zu mir.

Ich kann jetzt Geschichten aufschreiben. In vielen
ist etwas von mir versteckt. Die Geschichten sind
Teile aus meinem Leben. Sie kommen direkt aus
meinem Herzen. Es macht mir viel Spaß und ich
blühe auf, wenn ich meine Gedanken und Gefühle
aufschreiben kann.

Ich hatte genug Zeit mit mir, denn ich konnte ja
nicht alleine spielen. So habe ich mich mit mir und
meinen Gedanken und Gefühlen beschäftigt, so bin
ich sehr feinfühlig geworden.

Das Gefühl verändert sich, denn es kommt darauf
an, in welcher Umgebung man sich befindet.

Dass ich das alles so machen kann, verdanke ich
meiner ganzen Familie. Sie unterstützt mich Tag für
Tag.

♥ Wenn mich jemand fragen würde, was denn am
Schönsten in meinem Leben war, dann würde
ich sagen, dass das größte Glück für mich war, so
behütet aufzuwachsen.

Die Menschen, die dieses Buch lesen, denen soll
ganz klarwerden, wie toll so ein Körper ist und wie
schwer es sein kann, wenn Verschiedenes nicht
so funktioniert. Aber das heißt ja nicht, dass diese
Menschen weniger wert sind.

Es kann sein, dass man deshalb benachteiligt wird,
das darf ja eigentlich nicht sein, aber die Wirklichkeit
sieht anders aus.

Es ist schon schwer, überall hinzukommen. Stufen
und Absätze, enge Gänge machen uns das Leben
schwer.

Das ist aber nicht das Einzige, denn das Verhalten
der Menschen ist manchmal sehr schwer auszuhalten. Als behindertes Kind bin ich für viele ein
Hingucker. Es ist so, dass ich meine Arme und
meinen Kopf nur sehr schwer dahinbewegen kann,
wo ich es will.

♥ Immer will ich sagen, dass es wichtig ist, sich mit
Respekt anzuschauen. Immer soll es so sein, dass
jeder einen Ort hat, an dem man sich entfalten
kann.

♥ Es ist so wichtig, dass wir aufeinander achtgeben,
jeder ist so einzigartig. Dass Kinder in Schubladen
gesteckt werden, das ist nicht sehr schlau, denn
es nimmt denen, die darin stecken, die Freude
am Leben. Ich war da auch darin gesteckt, darum
weiß ich das.

♥ Ich wünsche mir, dass Menschen mit Behinderung ganz normal gegrüßt und behandelt
werden. Immer muss man vorsichtig sein, wenn
jemand anders ist. Es ist sehr wichtig, dass jeder
ernst genommen wird, egal wie er sich bewegt
oder aussieht.

Diese Geschichten sollen dabei helfen.

DAS GESCHICHTENBUCH

Es war in einem anderen Land, da lebte ein nicht mehr ganz kleines Mädchen. Es war besonders, denn es konnte sich nicht so bewegen wie andere Kinder. Deshalb wurde sie oft von anderen Menschen mitleidig angeschaut.

Das war genau das, was das was das Mädchen ganz schwer aushalten konnte.

Es hätte lieber gehabt, dass die Menschen, die ihr begegneten, einfach ganz normal mit ihr gesprochen hätten.

Denn eigentlich war sie ein ganz normales Mädel, innen drin.

Es wollte aber, dass sich etwas ändert. Deshalb fing sie an Geschichten aufzuschreiben, in denen genau, aber ein bisschen versteckt steht, was man ändern könnte.

Sie überlegte gut und schrieb mit ihrer Mama viele Geschichten auf.

Es war jedoch so, dass das Mädchen nicht sprechen konnte.

Sie hatte aber mit ihrer Mutter eine Geheimsprache entwickelt, mit der sie sich sehr gut miteinander unterhalten konnten.

So konnte sie ihre Gedanken und Gefühle aufschreiben. Es war besonders wichtig für das Mädchen, denn sehr lange hatte sie diese Möglichkeit noch nicht.

Die Geschichten wurden Kindern vorgelesen. Sie trafen ein um das andere Mal in ein liebevolles Herz.

Es wurde in Schulen und in Einrichtungen einmal gut überlegt, ob wirklich alle Kinder ganz ernst genommen wurden.

Es gab die eine und andere Veränderung, die Menschen versuchten die Kinder mit Behinderung einfach ganz normal zu behandeln und einfach freundlich zu grüßen. Die Kinder konnten einmal sehen, wie es ist, wenn man nicht angestarrt wird.

Das nicht mehr ganz kleine Mädchen war zufrieden. Ein Sonnenstrahl schien in ihr Herz.

Sobald ihr Mutter Zeit haben würde, wollte sie die nächste Geschichte aufschreiben.

ZWERGE SIND UNSICHTBAR

Obwohl Zwerge unsichtbar sind,

habe ich einen über die Wiese rennen und
über den Zaun springen gesehen.

Ich überlege, wo der Zwerg wohnt und wo
er zum Übernachten hingeht.

Andere übernachten in einer Wurzel.

Zum Glück zaubern Zwerge schöne
Zwergenhäuser

und über Vogelnester hängen sie schöne
Träume.

Wo zaubern Zwerge einen Unterschlupf?

Ich habe nachgesehen und nichts gefunden.

Wahrscheinlich unter der Erde!

VOGELGLÜCK

Es war einmal eine Vogelmutter, die wollte ihre Eier nicht ausbrüten. Weil es ihr zu langweilig war.

Überhaupt wollte sie lieber zu ihren Vogelfreunden und über die Frühlingswiese fliegen.

Zum Glück wollte der Vogelpapa zu den Eiern schauen. Er wollte sehen, ob alles in Ordnung war.

Wie er zu dem Nest kam, waren alle Eier weg!

Überall suchte er, aber er fand sie nicht.

Er ging wieder zu der Vogelfrau zurück und erzählte ihr alles.

Überrascht und traurig flog sie zum Nest zurück. Es tat ihr leid, dass sie sich nicht um ihre Eier gekümmert hatte.

Trotzdem suchte sie nochmal nach den Eiern.

Tatsächlich fand sie die Eier. Schnell setzte sie sich auf die Eier und brütete los.

Nach einiger Zeit schlüpften die Vogelkinder aus.

Die Vogelmutter kümmerte sich wundervoll um ihre Kinder.

Sie waren eine glückliche Familie.

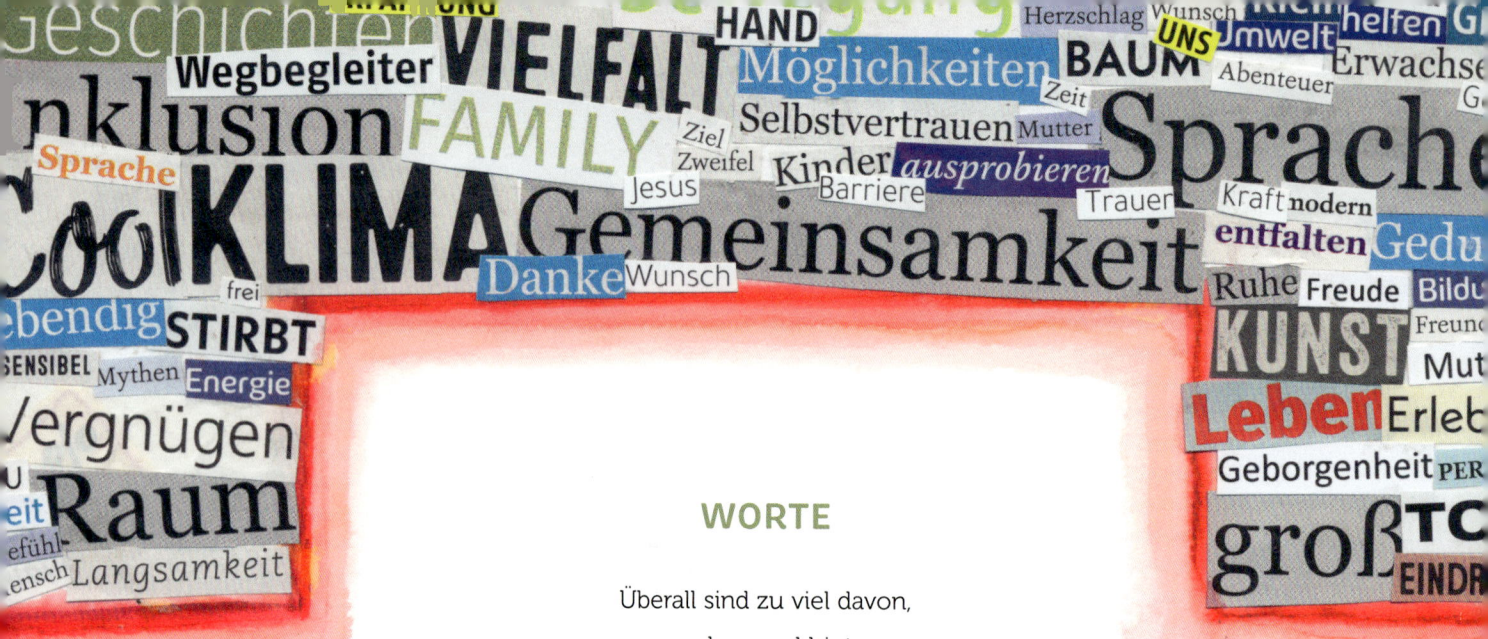

WORTE

Überall sind zu viel davon,

von oben und hinten,

sie wickeln mich ein,

sie tanzen um mich.

Zu meiner Verwunderung werden Worte oft überhaupt nicht wahrgenommen,
wenn sie sich ungehört in Luft auflösen, wie eine Wolke.

Überhaupt wird zu viel geredet, wo es nicht wichtig ist.

Wie wäre es, wenn nur Wichtiges gesagt werden würde?

Überhaupt würde ich mich freuen,
wenn ich wenigstens ein paar wichtige Worte sagen könnte.

SUSI, DAS KLEINE, TRAURIGE PONY!

Es war einmal eine kleine Ponystute.

Sie hieß Susi und lebte auf einem Ponyhof. Sie war sehr traurig und stand den ganzen Tag in der Ecke. Wenn Kinder zum Reiten kamen, stand sie nur da und ließ den Kopf hängen. Niemand wollte sich mit ihr beschäftigen und Susi wurde immer trauriger.

In der Reitschule war auch ein schüchternes Mädchen, die als einzige zu Susi ging.

Das Mädchen hieß Lilly.

Vorsichtig ging sie zu Susi in den Stall und fing an, das traurige Pony zu putzen und zu striegeln. Überhaupt freute sich das Pony, dass Lilly sich so liebevoll um sie kümmerte, wodurch sie langsam Vertrauen fasste.

Zu den anderen Kindern wollte sie nicht. Überhaupt wollte sie nur mit Lilly etwas machen.

Weil Susi so gerne mit Lilly unterwegs war, wollte Lena, die Reitlehrerin, dass Lilly mit Susi beim Reitabzeichen mitmachte. Lilly zögerte nur kurz und meldete sich an. Überhaupt übte Lilly fleißig mit Susi.

Da kam der große Tag für Susi.

Das Vorreiten klappte prima und Lilly konnte alle Fragen des Richters beantworten. Die beiden freuten sich sehr.

Bei der Siegerehrung bekam Lilly eine Anstecknadel und eine Urkunde. Zu ihrer Überraschung kamen alle Kinder zu Susi und wollten sie streicheln.

Susi wackelte mit den Ohren und sah ein bisschen glücklicher aus!

EIN KLEINES MÄDCHEN

Es war einmal ein kleines Mädchen, das lebte in ihrer eigenen Welt, weil sie alles anders sah als andere Leute.

Es fiel ihr schwer, in dieser Welt zurechtzukommen.

Zu ihrer Freude war sie gerne mit Tieren zusammen. Von ihnen fühlte sie sich verstanden.

Eines Tages spielte sie mit einer Katze. Wie sie so in das Spiel versunken war, ging sie auf eine Reise.

Sie flog auf einer weißen Wolke über den großen Ozean, bis Land in Sicht war. Dann purzelte sie zu ihrer großen Überraschung auf eine große Wiese.

Über der Wiese stand ein Regenbogen und die Sonnenstrahlen spiegelten sich in den Regentropfen.

Während das Mädchen das alles bestaunte, tauchte ein weißes Pony auf. Sie kletterte auf seinen Rücken und galoppierte davon.

Wie sie an einen See kamen, stieg sie ab und legte sich unter den Baum und schaute in den Himmel und schlief schnell ein. Als sie erwachte saß sie bei der Katze. Das Mädchen war glücklich.

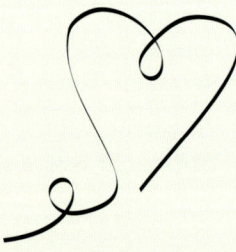

GANZ EINSAM SEIN

Es war vor langer Zeit in einem fernen Land. Eine kleine Familie lebte dort friedlich auf einem Bauernhof. Sie hatten Kühe, Hühner, Pferde und Katzen. Die Kinder spielten so gerne bei den Tieren im Stall.

Eines Tages kam ein kleines Mädchen auf den Hof, sie konnte nicht sprechen. Darüber war sie sehr traurig. Die anderen Kinder nahmen sie an der Hand und gingen mit ihr zu den Tieren. Noch hatten die Kinder gar nicht bemerkt, dass das Mädchen gar nicht sprechen konnte. Sie holten ein Pony aus dem Stall, putzten und sattelten es. Die anderen Kinder redeten alle miteinander.

Das Mädchen konnte nicht sagen, was es wollte. Die anderen Kinder merkten, dass das Mädchen sehr traurig war und weinte. Sie fragten, warum es denn so traurig sei. Das Mädchen schüttelte den Kopf. Da lachten die anderen Kinder.

So ging das Mädchen weg und suchte Verständnis bei den Tieren, diese kuschelten mit den Mädchen. Nun ging es dem Mädchen ein bisschen besser. Wie sie so dastand, kamen die anderen Kinder zu ihr. Immer noch lachten sie. Das Mädchen holte die Karten mit den Buchstaben heraus und schrieb damit: „Ich kann nicht sprechen."

Die Kinder verstummten und gaben zu, dass sie das nicht gemerkt hatten. Sie sagten, dass sie dem Mädchen das gar nicht angesehen hatten. Das Mädchen sah die Kinder an und lächelte.

ZAUBERBLUMEN – EINE GUTENACHTGESCHICHTE

Es war einmal ein interessantes Mädchen, das konnte sich in eine andere Welt träumen. Dazu musste sie sich nur ganz flach und ruhig auf den Boden legen, die Augen zu machen und richtig tief atmen. Dann fühlte sie, wie sie ganz sachte davon schwebte.

Als sie die Augen wieder aufschlug, war sie auf einer grünen Wiese. Sie blickte sich um und sah in einiger Entfernung ein Pferd. Es stand im Schatten einer großen Linde. Durch die Blätter glitzerten die Sonnenstrahlen und es war angenehm warm.

Das Mädchen stand auf und ging zu dem Pferd, das leise wieherte. Das Kind streichelte das Pferd zwischen den Augen. Nach einiger Zeit fasste sie Mut und schwang sich auf das schöne Pferd.

Es war ein unbeschreibliches Gefühl auf dem großen Pferd zu sitzen.

Langsam ging das Pferd in Richtung Wald. Das Mädchen ritt in den Wald. Immer wenn sie in den Himmel blickte, sah sie die Wipfel der mächtigen Bäume. Irgendwann kam sie an einen Bach. Er plätscherte lustig vor sich hin.

Der Weg aber führte durch den Bach und sie musste da durch. Das Mädchen machte die Augen zu und wünschte sich eine Brücke, auf der sie bequem hinüberreiten konnte. Als sie die Augen wieder öffnete, sah sie eine weiße Brücke. Sie ritt darüber und da war die Brücke auch schon wieder verschwunden.

Sie ritt weiter und kam an einer wunderschönen Blumenwiese vorbei. Darauf blühten Blumen in allen Farben. Es lag ein süßer Blumenduft in der Luft. Immer wenn das Mädchen in der Wiese eine Blume abpflückte, hörte sie einen leisen Schrei.

Verwundert sah sie sich um. Sie erblickte eine kleine Elfe. Sie musste die Blumen beschützen, denn es waren besondere Blumen. Die kleine Elfe sollte sie vermehren und in der ganzen Welt verteilen. Es waren die Blumen der Liebe.

Das Mädchen wollte der Elfe helfen. Sie fragte, was sie machen sollte. Die kleine Elfe überlegte kurz und sagte schließlich: „Nimm bitte das kleine Körbchen und reite mit dem Pferd über die Wolkenstraße und verteile so die Blumen auf der ganzen Welt."

Das Mädchen setzte sich auf das Pferd und machte alles so, wie die Elfe es ihr aufgetragen hatte.

Ganz langsam ritt sie los und suchte die Abzweigung zur Wolkenstraße. Dann galoppierte sie los, im schnellen Galopp. Ihre langen Haare flatterten im Wind.

Plötzlich zogen dunkle Wolken auf und es begann heftig zu regnen. Das Mädchen hatte Mühe auf dem Weg zu bleiben. Es stürmte fürchterlich. Trotzdem nahm sie immer wieder eine Blume aus dem Körbchen und ließ sie auf die Erde fallen. Immer wenn jemand eine Blume fand, wurde ihm warm ums Herz und er lächelte. Das Wetter wurde immer schlechter und das Mädchen bekam Angst. Sie machte die Augen zu und wünschte sich gutes Wetter. Als sie die Augen wieder öffnete schien die Sonne. Sie ritt weiter, bis sie wieder bei der Elfe war. Sie bedankte sich bei dem Kind und schickte sie wieder zur Erde zurück.

Zum Dank schenkte die Elfe dem Mädchen einen wundervollen Blumenstrauß. Mit diesen Blumen konnte sie traurigen Menschen ein Lachen ins Gesicht zaubern.

Als das Mädchen aufwachte, lag sie auf der Wiese. Den Blumenstrauß hatte sie noch in der Hand.

für Romy ♡ * ♡

DIE MÄCHTIGE KÖNIGIN

Es geschah vor langer Zeit, da lebte eine Königin.
Sie war sehr stolz und hatte ein hartes Herz. Für sie
war es wichtig, Macht über andere Menschen zu
haben. Sie ahnte, dass es in der Zukunft schwierig
werden könnte, diese Macht zu behalten.

Da kam ein Mädchen zu ihr auf das Schloss. Sie konnte
nicht sprechen und kaum laufen. Die Königin sagte zu
dem Kind: „Sei herzlich willkommen, du liebes Kind. Du
kannst gerne bei mir bleiben, ich werde dir viel lernen."

Das Mädchen freute sich, sie wollte noch viel lernen.

So blieb es bei der Königin. Diese gab ihr zu essen und
versorgte sie gut, aber ihr Versprechen hielt sie nicht.
Das Mädchen wurde immer trauriger. Die Königin
lachte und sagte: „Du dummes Ding, du wirst bei mir
nichts lernen, du kannst ja nicht einmal sprechen."
Das Mädchen war sehr traurig, aber sie konnte nicht
davonlaufen.

Eines Tages kam eine Fee in das Schloss. Sie fragte
das Kind was sie sich denn wünschte. Mit traurigen
Augen schaute sie die Fee an. Die Fee merkte schnell,
dass das Mädchen nicht sprechen konnte, aber gerne
etwas gesagt hätte. Sie berührte mit dem Zauberstab
das Kind. Sogleich sprühten tausend Sterne im Zimmer
umher. Das Mädchen hörte auf zu weinen und sagte:
„Hol mich hier raus."

Sogleich war das Schloss verschwunden und das
Mädchen rannte über die Wiese davon. Sie drehte sich
noch einmal um und rief der Fee zu: „Vielen Dank für
alles." Dann rannte sie weiter. Sie wollte nur rennen
und singen.

Sie war glücklich, dass sie der Königin entkommen
war.

DER ENGEL

Er kommt ganz leise, dann ist er da
und man hört ihn nicht.
Ganz zart kannst du ihn fühlen.
Dann ist er wieder weg, ganz leise.
Der Engel.

Engel sind da,
sie sind um uns.
Engel sind treu und liebevoll,
sie trösten uns,
sie legen ihre Flügel um uns.

Engel kannst du fühlen,
ein Hauch von der Liebe,
der unendlichen Liebe
kann dich berühren.
Er legt einen Flügel um dich.
Der Engel.

EINE FREUNDSCHAFTSGESCHICHTE

Einst lebte ein armer Mann. Er war mit dem wenigen, was er besaß, zufrieden. Alles, was er zum Leben brauchte, fand er im Wald. Außerdem hatte er ein Schaf, eine Ziege, eine Kuh und ein Kätzchen.

Er lebte am Waldrand in einer Hütte. Die Tiere weideten auf dem Feld, das an den Wald angrenzte. Immer konnten die Tiere aus dem Bach trinken. Sie hatten ein schönes Leben. Eines Tages kam ein kleines Mädchen in den Wald, sie ging zu den Tieren und setzte sich ins Gras.

Das sah der Mann und ging zu dem Mädchen hin. Er fragte sie, was sie denn ganz allein im Wald machen würde. Sie sagte nichts und kuschelte sich an das Schaf. Der Mann sah das Mädchen an und spürte sofort, dass das Mädchen eine besondere Begabung hatte. Der Mann fragte noch einmal, was sie denn alleine im Wald machen würde? Das Kind stand auf und schaute dem Mann tief in die Augen. Er verstand jetzt, dass das Mädchen nicht sprechen konnte.

Zusammen setzten sie sich an den Bach. So saßen sie lange nebeneinander, ohne ein Wort zu sprechen. Es entstand eine tiefe Verbindung zwischen den beiden, ganz ohne Worte. Ihre Herzen verstanden sich auch so. Von diesem Tag an kam das Mädchen oft zu dem Mann, um mit ihm Seite an Seite am Bach zu sitzen. Ihre Freundschaft wurde sehr innig.

Eines Tages, als das Mädchen mal wieder zu Besuch kam, winkte es schon von weitem. Sie rief: „Ich kann sprechen!" Sie tanze und jubelte, sie war außer sich vor Freude.

Das Mädchen kam weiterhin, um den Mann zu besuchen. So saßen sie noch oft am Bach, ohne zu sprechen. Denn eigentlich verstanden sie sich ohne Worte.

Lilly, Du hast einmal gesagt, dass in jeder Geschichte etwas von dir versteckt ist, was ist es in dieser Geschichte?

„Ich bin das Mädchen, das nicht sprechen kann.

Der Mann steht für meine Freunde, die wirklich mich meinen.

Der Bach, der Wald, das Feld sollen die Möglichkeiten, die Veränderungen darstellen.

Die Tiere sind die Freuden des Lebens.

Die Armut soll zeigen, was wirklich wichtig ist.

Die besondere Begabung soll zeigen, wenn man eine Behinderung hat, dann kann man etwas Anderes besonders gut."

ENGELSFLÜGEL

Ich sehe in der Ferne,

es strahlt und leuchtet,
ich erkenne gerne,

ein wunderbares Wesen,

dass ich noch nie sah,

und war doch schon
immer da.

Es ist von anmutiger
Schönheit,

das mich bewacht

und mich ganz sacht auf
Engelsflügeln durch das
Leben will tragen,

dann ist es leichter und
ich muss nicht immer
nach dem Warum fragen.

EINE GANZ BESONDERE BÄRENGESCHICHTE

Vor langer Zeit lebte einmal ein kleiner Bär. Er lebte ganz allein in einem Wäldchen in einer Bärenhöhle. Er hatte alles, was ein kleiner Bär eben zum Leben so braucht. Ein warmer Platz zum Schlafen, ein kleiner Bach, um Fische zu fangen und ein Wäldchen, um sich zu verstecken.

Da gab es aber doch etwas, was dem kleinen Bären fehlte, nämlich ein guter Freund.

Eines Tages saß der kleine Bär mal wieder am Bach, um sich einen Fisch zu fangen. Er träumte vor sich hin, wie schön es wäre, einen richtigen Bären zum Freund zu haben. Würden die Fische für zwei Bären reichen, überlegte der Bär?

Dann ging er, ohne dass er einen Fisch gefangen hatte, in seine Höhle, um ein bisschen zu schlafen. Aber er war traurig, weil ihm auch jetzt ein guter Freund fehlte. Er konnte nicht schlafen, weil er nachdenken musste. Er überlegte, wenn er einen Freund haben würde, hätte er in seiner Höhle noch genug Platz zum Schlafen?

Der kleine Bär stand wieder auf und ging ein bisschen in den Wald. Er würde gerne Verstecken spielen, aber es fehlte ihm ein Freund. Wenn er einen hätte, würde ihm der Platz im Wald reichen?

Nachdenklich stapfte der kleine Bär durch den Wald und ging zu seiner Höhle. Er legte sich, ein bisschen hungrig und ein bisschen früher als sonst, in seine Höhle, um zu schlafen. Er träumte in dieser Nacht von einem Freund und er konnte gut schlafen.

Am nächsten Morgen wachte der kleine Bär sehr früh auf. Er streckte sich wie jeden Morgen ordentlich aus. Erst die Hinterpfoten, dann die Vorderpfoten.

Danach ging er wie jeden Morgen an den Bach, um sich einen Fisch für das Frühstück zu fangen. Da hörte er Schreie, so als ob jemand Hilfe braucht. Schnell rannte er zum Bach und sah, wie etwas Braunes, Wuscheliges im Wasser zappelte. Schnell zog er das Bündel aus dem Bach und sah, dass es ein noch kleinerer Bär war. Kleiner, als er selbst war.

Der schüttelte sich trocken und legte sich erst mal an das Ufer. Der kleine Bär sah den noch kleineren Bären besorgt an und fragte: „Geht es dir gut?" Der noch kleinere Bär antwortete: „Ich habe mir nicht weh getan, aber ich habe einen Bärenhunger!"

Da ging der kleine Bär in den Bach und fing für den noch kleineren Bären, einen Fisch. Dieser verputze ihn auf einen Satz. Die Bären sahen sich lange in die Augen, bis der noch kleinere Bär sagte: „Ich will bei dir bleiben."

Da nickte der kleine Bär und drückte den noch kleineren Bären einmal ganz fest an sich und dachte glücklich: „Ja, die Fische werden reichen, die Höhle ist groß genug für uns beide und im Wald können sich auch zwei Bären verstecken. Auch in mein Herz passt der noch kleinere Bär ganz genau hinein." Er lächelte glücklich.

Der noch kleinere Bär stellte sich auf einen Stein, um ein bisschen größer zu sein.

Da nahm der kleine Bär den noch kleineren Bären an der Pfote und ging mit ihm in den Wald hinein, um Verstecken zu spielen.

EIN MUSIKMÄRCHEN

In einem kleinen Dorf lebte eine Familie mit ihren Kindern. Sie konnten alle gut Musik machen. Sie spielten gerne zusammen und träumten sich dabei in eine andere Welt.

Dort angekommen, machten sie einen Spaziergang, um die Gegend zu erkunden. Einfach war das nicht, denn die Gegend war sehr hügelig und eine Tochter konnte nicht laufen. Deshalb gingen sie nur auf der Straße spazieren, obwohl sie gerne auf einen Berg gestiegen wären, aber das war nicht so einfach.

Es war ein warmer Sommertag und die Sonne ging langsam unter. Die Familie setzte sich unter einen Baum, direkt an einen See. Ihre Instrumente hatten sie mitgebracht.

Sogleich fingen sie an zu spielen, eine wunderschöne Melodie erklang. Sie spielten, bis die Dunkelheit übers Land schlich.

Ihre Gedanken gingen auf die Reise, sie schlichen sich davon und sie fingen an zu träumen. Für immer wollten sie ganz in dieser Zauberwelt bleiben. Sie wollten da bleiben, wo sich alles so leicht und ehrlich anfühlt. „In dieser Welt kann man seine Gedanken besser anschauen, aufräumen und sortieren", dachte das kleine Mädchen, das nicht laufen konnte. Es selbst sammelte Kraft für das Leben, das mit ihrer Behinderung sehr anstrengend war.

In dieser Zauberwelt waren alle gleich und jeder wurde mit Respekt behandelt. Die Melodien flossen ineinander, es war ein buntes Musikmärchen. Doch jedes Märchen und jedes Lied geht einmal zu Ende.

Die letzten Töne verstummten in der Dunkelheit. Die Familie war aus der Zauberwelt zurück. Über ihnen strahlte der Sternenhimmel mit all seiner Pracht.

Immer noch konnten sie den Zauber spüren, der sie umgab. So bemerken sie nicht, dass ein kleines, blasses Mädchen ganz in der Nähe sehr verträumt auf dem Boden saß und auf die Instrumente starrte. So gerne hätte sie auch ein Instrument und wäre gerne ein Teil von der Musik gewesen. Die Mutter ging zu dem Mädchen und fragte, ob sie auch mitspielen wolle. Das Mädchen war sehr schüchtern, aber sie kam mit, um sich die Instrumente einmal anzusehen. Ihr Blick blieb an einer kleinen Gitarre hängen. Die Frau fragte, ob sie diese kleine Gitarre haben möchte.

Das Mädchen nickte und nahm die Gitarre in den Arm, bedankte sich und rannte überglücklich nach Hause. Die Familie machte sich durch die Dunkelheit auf den Heimweg.

In Gedanken waren sie noch bei dem Mädchen und die Musik klang noch lange in ihrem Herzen.

DER GÄRTNER

Es lebte einmal ein Gärtner in einem reichen Land. Immer machte er seine Arbeit sehr gerne. Er säte Salat und pflanzte Gemüse und Obst. Er passte gut auf, dass die Schnecken nicht alles zusammen fraßen. Darum war er ein gerne gesehener Mann. Er verkaufte sein gutes Gemüse auf dem Markt in der kleinen Stadt.

Die Leute drängten sich um seinen Stand. Jeder wollte von dem gesunden Gemüse etwas kaufen. In kürzester Zeit waren seine Kisten leer und er hatte alles gut verkauft.

Fröhlich ging er nach Hause und kümmerte sich wieder um seine Pflänzchen. Immer war er zufrieden mit seinem Leben. Er liebte es mit der Natur zu arbeiten und den Pflanzen beim Wachsen zuzusehen. Er achtete darauf, dass er keine Chemie für den Gemüseanbau verwendete, weil ihm wichtig war, die schöne Erde gut zu behandeln und das Gemüse sollte ohne Schadstoffe sein. Nur so schmeckte es, wie seine Kunden es gewohnt waren.

Eines Tages kam ein wohlhabender Mann zu dem Gärtner. Er versuchte ihn davon zu überzeugen, dass es für ihn mehr Geld geben würde, wenn er sein Feld auch noch pachten und dort Gemüse anbauen würde. Er könnte mit Pestiziden schnell die Schädlinge bekämpfen und hätte deutlich mehr Ertrag.

Der Gärtner dachte nach: „Ja, er war den ganzen Tag mit dem Gemüse beschäftigt. Die anderen Gemüsebauern hatten große Autos und fuhren öfter in den Urlaub und sie hatten viel Geld."

Er ging nachdenklich ins Haus. Vielleicht könnte er sich ein neues Haus bauen und das Auto war alt und eigentlich hatte er nur alte Maschinen. Der Gärtner ging ins Bett und beschloss, das Feld zu pachten und ein moderner Betrieb zu werden.

Er schlief ein und fiel in einen unruhigen Schlaf. Er träumte, wie große Maschinen über seine Felder fuhren. Noch sah man die Schäden nicht, die die großen Maschinen mit ihren Spritzmitteln anrichteten. Dann träumte er, wie sein Betrieb in ein paar Jahren aussehen würde. Es gab keine Käfer mehr und keine Bienen. Der Boden war rissig und die Würmer waren verschwunden.

Der Gärtner wachte schweißgebadet auf, er holte tief Luft: „Das will ich nicht."

Er kochte sich eine Tasse Kräutertee und ging hinaus in seinen Gemüsegarten, wo er sich sein kleines Paradies genau anschaute, dann stand er auf und sagte: "Alles bleibt so, wie es ist!"

SCHUTZENGEL

Immer sind Engel schon dagewesen. Sie freuen sich, wenn sie uns helfen können.

So war es auch einmal bei der kleinen Familie, die in einem kleinen Haus am Wald wohnten. Sie lebten da zufrieden mit ihren beiden Töchtern. Es war Frühjahr, der Schnee schmolz dahin, die Schneeglöckchen spitzelten aus der Erde. Es wehte ein frischer Wind.

Eines Tages spielten die Mädchen am Bach, sie warfen kleine Steine in das Wasser und freuten sich, dass es spritzte. Das kleinere Mädchen ging immer tiefer in den Bach hinein. Gerade als die Mutter zum Mittagessen rief, rutschte sie aus und schlug den Kopf an einem Stein an. Sie war sofort bewusstlos und wurde vom Wasser weggeschwemmt.

Die ältere Schwester lief schreiend nach Hause, um Hilfe zu holen. Mit Mutter und Vater kam sie kurze Zeit später zurück. Aber das Kind war nicht mehr da.

Weggespült!!!

Verzweifelt suchten sie das Bachufer ab. Das war sehr schwierig, denn das Ufer war zugewachsen. Immer riefen sie ihren Namen, aber sie blieb verschwunden.

Was konnten sie tun?

Gerade als der Notarzt und die Feuerwehr eintrafen, kam eine junge Frau angelaufen, das bewusstlose, triefend nasse Mädchen auf dem Arm. Alle waren sehr erleichtert, dass das Mädchen gefunden worden war.

Die Frau war völlig außer Atem. Sie legte das Mädchen auf eine Liege, wo sie von dem Notarzt gleich versorgt wurde. Schnell musste sie ins Krankenhaus gebracht werden. Niemand bemerkte in der Aufregung, dass die junge Frau gar nicht mehr da war.

Da sagte das ältere Mädchen: „Wer war die Frau, die meine Schwester gerettet hat?" Der Vater sagte: „Ich habe sie noch nie gesehen. Auf jeden Fall war sie der Schutzengel deiner Schwester."

DER KLANG DES HERZENS

In einer kleinen Stadt, in der nicht mehr viel gelacht wurde, lebte ein kleines Mädchen, das ein bisschen anders als andere Mädels war. Sie konnte sehr gut spüren, wie es anderen Menschen ging. So erlebte sie Gefühle von anderen Menschen mit. Das waren in dieser grauen Stadt eher düstere Gefühle. Das Mädchen konnte aber niemandem davon erzählen, denn sie konnte nicht sprechen. Sie war das, was man ein schwer behindertes Kind nennt. Und sie wurde von den Menschen in der grauen Stadt nicht beachtet und sie erlebte oft, wie sie einfach ignoriert wurde.

Das war sehr schlimm für das kleine Mädchen.

Denn im Kopf konnte sie gut denken, sie passte gut auf und merkte sich alles was sie sah und hörte. So lernte sie Lesen und schrieb in ihrem Kopf Geschichten. Aber das wusste niemand. Das Mädchen war sehr einsam und oft sehr traurig.

Trotzdem überlegte sie, wie sie den Menschen schöne Gedanken schicken könnte. Vielleicht würden die Menschen dann fröhlicher werden und sie vielleicht endlich einmal in ihrer Mitte aufnehmen.

Das Mädchen dachte in stillen Stunden oft darüber nach, wer denn bestimmen darf, wer behindert ist und wer die Grenzen dafür setzt. Denn eigentlich ist es ja gut, dass die Menschen so unterschiedlich sind. Doch für das Mädchen war es schon schwer, so ganz anders zu sein.

Sobald sie einen guten Gedanken verschickte, wurde sie ein bisschen fröhlicher. So konnte sie auf das eine oder andere Gesicht ein Lächeln zaubern. Einige Menschen merkten, dass das Mädchen ein

sehr sonniges Herz hatte und besuchten sie regelmäßig. Sie merkten, dass nur der Körper des Mädchens behindert war. Sie merkten auch, dass jeder irgendwo behindert ist und jeder etwas super kann.

Nach und nach wurde die graue Stadt immer bunter und fröhlicher. Das kleine Mädchen wurde von den Menschen so angenommen, wie sie war. Sie wurde ernst genommen. Das wollte sie erreichen.

FRÜHLINGSGEDANKEN

Immer warten wir, bis es draußen warm wird

und die Blumen wieder aus der Erde spitzeln.

Die Sonne strahlt mir ins Gesicht und vielleicht auch in mein
Herz hinein,

vielleicht kann sie die dunklen Gedanken wegräumen,

der Frühlingswind kann sie wegtragen.

Ich fühle mich frei, Frühling schafft Platz für Neues.

Einmal kann ich mit den Wolken über die Erde fliegen,

durch alle Jahreszeiten, bis ich wieder im Frühling ankomme.

EINE HOFFNUNGS-GESCHICHTE

Es war einmal ein Junge, der konnte nicht sprechen. Er saß oft am Fenster und schaute in den Garten.
Dort beobachtet er die Blumen, wie sie jeden Tag erblühen.

Er überlegte, wie er auch strahlen könnte, denn eigentlich war er sehr oft traurig.
Er dachte drüber nach, was es in seinem Leben gab, das ihm die Hoffnung gab für ein glückliches Leben.

Er hatte ein schönes Zimmer, schöne Sachen zum Anziehen. Eine liebe Familie, die sich sehr liebevoll um ihn kümmerte.

Er hatte ein sonniges Herz und konnte gut fühlen. Er war geduldig und er hoffte, dass irgendwann, irgendjemand eine Möglichkeit finden würde, dass er seine Gefühle und Gedanken besser ausdrücken könnte.

DER FRÜHLING UND DIE WELT

Immer wird es Frühling,
ob sich die Menschen freuen oder nicht.

Die Natur macht es von ganz allein,
oder ist da jemand, der die Blumen und das Gras aufweckt?

Wie der Wind über das Gras streicht,
und den Blumen zuflüstert:

„Aufwachen und schaut genau, es geht wieder los.
Die Frühlingssonne streichelt euch über den Schopf.
Kommt raus und fühlt doch selber!"

Oder gibt es einen, der alles lenkt und alles in der Hand hält und die
Welt dreht?

DAS KLEINE BIENCHEN

Es war einmal eine kleine Biene, die in ihrem kurzen Leben schon viele Probleme lösen musste. Es begann damit, dass sie an ihrer Geburt Schwierigkeiten hatte, aus ihrem Ei herauszukommen. Es fiel ihr aus irgendeinem Grund sehr schwer.

Als sie draußen war, merkte sie, dass der rechte Flügel nicht richtig funktionierte. Die anderen Bienen flogen schon im Stock umher. Die kleine Biene konnte nicht glauben, dass sie als einzige Biene nicht nach draußen konnte. Sehr betrübt setzte sie sich in eine Ecke des Bienenstocks. Eine Träne kullerte ihr über das Gesicht.

Da kam eine Arbeitsbiene zu ihr und nahm sie auf den Arm.

Immer noch musste sie weinen. Die große Biene versuchte die Kleine zu trösten, sie sagte: „Ach du süßes Bienchen, jeder kann etwas besonders gut. Wenn du nicht fliegen kannst, dann musst du herausfinden, was du gut kannst."

Die kleine Biene trocknete ihre Tränen und setzte sich auf, sie sah den anderen Bienen zu, wie sie alle sehr fleißig arbeiteten.

Es wurde ihr klar, dass sie da nie mitarbeiten konnte.

Darum lief ihr wieder eine Träne über die Wange. Die anderen Bienen waren so beschäftigt, dass sie die kleine Biene gar nicht beachteten.

Die kleine Biene spazierte im Bienenstock umher. Immer fühlte sie, dass sie auch etwas gut konnte. Die kleine Biene merkte, dass in ihrem Kopf Wörter durcheinander purzelten. Sie fing an, diese zu sortieren und Geschichten daraus zusammenzustellen.

Auf einmal wusste sie, dass ihr Platz bei den Eiern war. Sie wollte gerne darauf achten, dass die Bienenkinder gut aus ihren Eiern kamen.

Dann wollte sie den jungen Bienen schöne Geschichten erzählen, die ihnen helfen würden, wenn sie einmal traurig sind.

Schnell war sie im ganzen Bienenstock bekannt und alle Bienen kamen zu ihr, die großen Kummer oder kleine Sorgen hatten.

Für alle hatte sie ein tröstendes Wort und sie war genauso wichtig wie all die anderen Bienen im Bienenstock.

DER REISENDE

In einem Land, in dem die Menschen alle freundlich und respektvoll miteinander umgingen, lebte ein Mädchen, das nicht laufen und sprechen konnte. Sie war ein herzensgutes Kind. Obwohl sie oft sehr traurig war, weil ihr Körper ihr nicht gehorchte.

Sie konnte mit einem besonderen System schreiben. Darüber war sie sehr froh. Mit den anderen Kindern ging sie im Dorf in die Schule. Es war dort normal, dass behinderte und gesunde Kinder zusammen unterrichtet werden.

Sehr früh merkten die Lehrer, dass das stumme Mädchen sich selbst das Lesen beigebracht hatte.

Auch konnte sie sehr gut rechnen. Das erkannten die Lehrer sofort. Es war in diesem Land normal, dass behinderte Kinder überall dabei waren. Deshalb wurden sie auch nicht angestarrt, das gehörte einfach so und war für alle normal. Und niemand dachte daran, dass man etwas ändern müsste.

Eines Tages kam ein Reisender, er war chic gekleidet und hatte einen Koffer dabei.

Er sah sich erstaunt um und sah, wie die gesunden Kinder ganz selbstverständlich mit den behinderten Kindern zur Schule gingen und am Nachmittag miteinander spielten.

Der Reisende war aus einem anderen Land angereist.

Er erzählte ganz erstaunt, dass in seiner Heimat alle Kinder, die anders waren, extra mit Bussen zu Hause abgeholt und in spezielle Schulen gebracht wurden. Dort wurden sie gut versorgt. Allerdings kam es immer wieder vor, dass Kinder ganz falsch eingeschätzt wurden.

Der Reisende saß da und sah den spielenden Kindern zu, dann musste er lächeln.

Er fand die Idee genial, alle Kinder zusammen zu lassen. Denn er sah, dass die Kinder voneinander lernten.

Er nahm seinen Koffer und leerte ihn ganz aus. Dann nahm er das kleine Mädchen, das nicht sprechen konnte, bei der Hand und fragte sie:

„Bitte schreibe mir etwas, was dir besonders wichtig ist, auf einen Stein."

Sie nahm seine Hand und sie schrieben mit ihrem Buchstaben-System, Buchstabe für Buchstabe, auf einen Stein. Als das Mädchen fertig war mit buchstabieren, las der Reisende, was er aufgeschrieben hatte laut vor:

„Sich mit Respekt zu behandeln!"

Er nickte freundlich, packte den Stein in den Koffer, bedankte sich und fuhr wieder nach Hause.

DAS KLEINE MÄDCHEN

Eines Tages war das kleine Mädchen auf dem Bauernhof unterwegs. So kam sie bei den Hühnern vorbei. Sehr freundlich begrüßte sie alle, dann sah sie nach, ob die Hühner schon Eier gelegt hatten. Sie nahm alle heraus und legte sie vorsichtig in den Eierkarton. Dann nahm sie ihr Lieblingshuhn auf den Arm und setzte sich in die Sonne. Sie legte ihre Hand auf die weichen Federn und machte die Augen zu.

Sie träumte, dass sie von einem großen Vogel in die Luft gehoben wurde. Sie flogen durch die Luft immer höher und höher. Das Mädchen sah auf die Erde hinab und sah den Bauernhof nur noch ganz klein. Die Kühe auf der Weide waren nur als kleine Punkte zu sehen. Das kleine Mädchen genoss den Wind, der sie umwehte. Sie flogen immer höher und weiter, bis sie an einen großen Berg aus Wolken kamen. Der Vogel flog direkt hinein. Das Mädchen erschrak, denn es war um sie sehr dunkel.

Erst dachte sie, dass es in ihr auch schon so dunkel war. Gerne erinnerte sie sich daran, wie dann das Licht aus ihrem Herzen kam. So geschah es auch jetzt. Ein heller Strahl Licht schien die dunkle Wolke zu erhellen. Das kleine Mädchen lächelte zufrieden.

Die dunkle Wolke war verschwunden. Es war so, wie sie es schon oft erlebt hatte.

Und das Mädchen dachte, wie leicht lassen sich doch dunkle Wolken mit einem Herzen voll Liebe vertreiben. Dann spürte sie, wie sie sehr sanft zurück auf die Erde schwebte. Als sie die Augen wieder aufmachte, saß das Lieblingshuhn noch immer auf ihrem Schoß.

Das Mädchen lächelte.

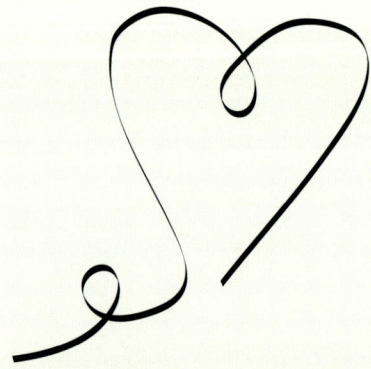

DAS HOTEL

Es war vor einiger Zeit, da verirrten sich drei Kinder in einem Hotel. Eigentlich wollten sie nur die Eingangshalle genau anschauen, weil sie gehört hatten, dass es dort besonders schön wäre. Ein Kind saß im Rollstuhl, das andere konnte nicht sprechen, das dritte litt an einer schwer behandelbaren Epilepsie.

So sind sie nur schwer in das Hotel gekommen, weil überall Treppen waren. Als sie endlich drin waren, sollten sie auch ganz schnell wieder verschwinden, weil behinderte Kinder nur Ärger machen. Dauernd brauchen sie Hilfe und meistens sind sie dumm. Das sagte zumindest der Hoteldirektor. Er zeigte zur Türe und forderte die drei Kinder auf zu gehen. Die drei sahen sich an und als gerade niemand herschaute verschwanden sie hinter einer Türe, die sehr geheimnisvoll glitzerte.

Das Zimmer, in dem sie sich nun befanden, war sehr geheimnisvoll. Die Wände sahen aus wie Bienenwaben. Das Licht schien von allen Seiten zu strahlen.

Die Kinder staunten nicht schlecht, als sich das ganze Zimmer zu drehen begann. Immer schneller und schneller. Ganz allmählich wurde es wieder langsamer. Als die Kinder sich umdrehten, da sah das Zimmer völlig verändert aus.

Ziemlich verwirrt sahen sich die drei Freunde im Zimmer um. Durch das Fenster drang Kinderlachen. Da fiel ihnen ein, wie unfreundlich der Hoteldirektor zu ihnen gewesen war. So wollten die drei lieber wieder nach Hause.

Also mussten sie möglichst unauffällig das Hotel verlassen. Sie öffneten vorsichtig die Türe und drangen durch sie hindurch. Nun sahen sie, dass sie nicht in der Eingangshalle standen, aus der sie abgehauen waren. Sie schauten in einen hellen Raum. Es waren viele Menschen zu sehen und es herrschte ein fröhliches Durcheinander. Auf den ersten Blick war nicht schwer zu erkennen, es waren auch leicht und sehr schwer behinderte Menschen unter ihnen.

Verschiedene Sprachcomputer redeten durcheinander. Die drei Kinder sahen sich verwundert an. Was ist denn hier passiert, dachten die drei Freunde? An den Kleidern, die alle anhatten, bemerkten sie ganz genau, dass etwas nicht stimmte. Ein Kind entdeckte einen Kalender. Starr vor Schreck sah sie, dass sie im Jahre 2050 gelandet waren.

Die drei Kinder konnten nicht glauben, was sie da sahen. Keiner wurde angestarrt oder belächelt. Ganz genau konnte jeder so sein wie er war. Da kam ein Mädchen mit Orthesen an den Füßen und forderte die drei auf mitzukommen. Schüchtern folgten sie ihr. In kürzester Zeit waren sie in der Menge verschwunden, in die sie gerne eintauchten.

War das ein Traum oder könnte es vielleicht auch Wirklichkeit werden? Die drei Kinder verließen spät am Abend das Hotel mit vielen Ideen und Glück im Herzen.

Komisch fanden die Kinder, dass sie im Heute zu Hause ankamen.

EIN SOMMERABEND

Es ist noch so warm und die Sonne zieht
hinter dem Wald davon.

Ich denke, wo sie denn eigentlich wohnt?

Ich weiß, dass sie sich nicht von der Stelle
rührt,

vielleicht ist sie einfach nur frech

und es ist so, dass sie mich an der Nase
rumführt.

Ein Bienchen summt um mich herum,
mit feinem Gebrumm.

Die Schwalben sausen sehr geschwind,
um das Haus schnell wie der Wind.

Es sieht fast so aus, wie wenn sie den
Sommer genießen würden.

Ein Sommerabend, so warm und
zauberhaft,

ist das, was mir den Sommer zu großer
Freude verschafft.

BEWERTEN UND DER WERT DES BEWERTENS

Es war einmal ein kleiner Junge, der hatte sich immer gewünscht, einmal wie andere Kinder auf dem Fußballplatz herumzutollen. Gerne wäre er mit seinen Füßen einmal in einen Bach gestanden. Gerne hätte er einmal seinen Ärger und seine Wut herausgebrüllt.

Aber er konnte nicht.

Einzig war er nur in der Lage, an die Decke zu starren. So lag er den ganzen Tag einfach nur da. Von Geräten überwacht und an einen Computer angeschlossen, der piepste, wenn ein Wert nicht stimmte.

Er war ganz darauf angewiesen, dass die Menschen, die um ihn waren und ihn versorgten, sehr vorsichtig und liebevoll mit ihm umgingen. Manche Menschen waren sehr einfühlsam, andere sahen nur den behinderten Jungen. Sie können sich nur schwer vorstellen, dass der Geist und das Denken gut funktionierten. Das war sehr schwer zu ertragen. Das ist so, wie wenn man durchsichtig oder nicht da wäre. Immer hatte der Junge ganz viel Liebe in seinem Herzen. Er konnte so die Situation aushalten.

Eines Tages kam eine Frau zu ihm. Sie sollte beurteilen, was er mitbekam. Sie hatte einen Fragebogen zum Ankreuzen dabei. Sie saß am Tisch und war mit dem Zettel beschäftigt.

Die Mutter erzählte, dass ihr Sohn gerne Geschichten über Tiere hört. Die Frau schüttelte den Kopf und sagte: „Das haben sie sich nur eingebildet, ihr Sohn bekommt gar nichts mit. Das habe ich eben festgestellt, das können sie mir schon glauben. Ich habe mit solchen Fällen Erfahrung."

Die Mutter stand da und ihr blieb die Luft weg.

Es war so, dass sie sich ganz sicher war, dass ihr Sohn alles verstand. Sie starrte die Frau an und dachte, dass die Frau ihr Kind gar nicht kennen würde. Sie hielt ein paar Zettel in der Hand, auf dem ein paar Diagnosen standen. Das war alles, was die Frau von ihrem Sohn wusste.

Der Junge schloss die Augen. So war es immer, er fühlte wieder einmal das schreckliche Gefühl der Hilflosigkeit. Das Gefühl, nichts wert zu sein. Das Gefühl, von anderen bewertet zu werden und am Ende als wertlos dazustehen oder eben nur dazuliegen.

Die Mutter machte sich einen Kaffee und holte das Geschichtenbuch, das ihr Junge so gerne hatte. Sie setzte sich zu ihrem Kind und begann die Bärengeschichte vorzulesen. Das Gesicht des Buben entspannte sich und der ganze Junge schien ganz locker dazuliegen. Erst jetzt merkte die Frau, dass der Junge völlig verändert dalag.

Stumm vor Staunen stand die fremde Frau da, mit ihren Zetteln in der Hand und merkte, dass das, was sie da bewertet hatte, nur der Körper des Jungen war, den Geist hat sie ganz übersehen.

Die Mutter las die Geschichte zu Ende, stand auf und sagte zu der Frau: „Es ist schon gut, dass sie es wenigstens bemerkt haben, dann können sie es ab jetzt besser machen."

DIE GUTE FEE

In einem fernen Land lebte einmal eine gute Fee. Sie war ein liebevolles Wesen mit einem lieben Herzen. Sie flog nachts über die Welt und schaute in die Häuser, ob alles in Ordnung wäre. Ganz genau sah sie nach, wenn Kinder dort schliefen. Sehr gerne schickte sie den Kindern schöne Träume. Die Fee merkte sofort, wenn ein Kind Sorgen hatte. Dann schickte sie ihm eine Sternschnuppe, die mit ihrem Sternenzauber gut trösten konnte.

Es ist so, dass Sternschnuppe in Afrika, in Kinyambo „ekibonuomu" heißt, das bedeutet übersetzt: „Sieht nur ein Mensch".

Dort war die Fee auch unterwegs. Eines Tages sah sie durch ein Fenster ein kleines Mädchen in ihrem Bett liegen. Die Fee sah sofort, dass das Mädchen sehr krank war. Sie lag in ihrem Bett, die Augen hatte sie zu, aber sie schlief nicht. Sie war im Traum unterwegs. Mit einem weißen Pferd galoppierte sie über eine Blumenwiese. Der Wind wirbelte in ihren Haaren. Gerne wäre sie mit dem Pferd nach Hause geritten.

Aber sie wusste genau, dass es noch zu früh war. Das Mädchen musste sehr tapfer sein und in das Zimmer zurück. Erst wenn es ihr besser gehen würde, dann würde sie wieder nach Hause können. Die gute Fee schickte ihr noch eine Sternschnuppe.

Sie sollte ihr Mut, Kraft und Zuversicht geben und Geduld. „Wichtig ist, dass das Licht in deinem Herzen nicht aufhört zu leuchten," sagte die Fee und flog zum nächsten Fenster.

DER GITARRENSPIELER

In einer anderen Zeit, ganz am anderen Ende der Welt, lebte ein Mädchen, das sehr schwer behindert war. Ihr Körper gehorchte ihr nicht und ihr Mund sprach die Worte nicht, die sie gerne gesagt hätte.

So war der Welt um sie herum oft nicht klar, was ihr Kopf verstand und was nicht. Für die meisten war es am einfachsten, dass sie das Mädchen für dumm und lernunfähig hielten. Das war wohl am einfachsten.

Für das Mädchen war dies sehr schwer zu ertragen und auszuhalten. Ganz schlimm war für sie, dass sie nichts lernen durfte. Eigentlich wollte sie Schriftstellerin werden und ganz viel über die Welt erfahren. Es war aber so, dass sie dafür Hilfe und Unterstützung gebraucht hätte. Ganz zuallererst mussten die Menschen einmal erkennen, dass in diesem Körper auch ein ganz neugieriges schlaues Mädchen steckt.

Es geschah eines Tages, dass die Menschen dieses Mädchen von einer anderen Seite kennenlernten.

Es kam ein Fremder mit einer Gitarre in das Dorf. Am Lagerfeuer spielte er schöne Lieder, die die Menschen im Herzen berührte. Alle kamen und setzten sich gerne an das Feuer und lauschten auf die Lieder und die schönen Texte.

Das Mädchen strahlte vor Freude und lachte. So ausgelassen hatten die Leute das Mädchen noch nie erlebt. Erstaunt sahen sie zu, wie sie und der Gitarrenspieler sich zu verstehen schienen, ganz ohne Worte und nur durch die Musik.

Der Fremde merkte sehr schnell, dass das Mädchen bereits lesen und schreiben konnte. Er hatte schon eine Idee, wie sie schreiben könnte. Die anderen staunten. Das hätten sie nicht für möglich gehalten. Von nun an schrieb das Mädchen alles, was sie bewegte, auf.

Der Gitarrenspieler zog weiter, um noch mehr Kinder zu entdecken, von denen viele glaubten, dass sie nicht lesen und schreiben könnten.

DIE ERSTE LIEBE IM ROLLI

In einer großen Stadt lebte einmal ein Junge, der saß in einem Rolli. Darüber war er sehr traurig. Gerne wäre er auf dieser schönen Welt herumspaziert. Er war aber trotzdem ein fröhlicher Mensch. Gerne ließ er sich durch die Natur schieben und sah oft den Tieren zu.

Bei einem Ausflug in die Stadt trafen sie ein Mädchen, das dem Jungen sehr gefiel. Sie hatte die Haare zu einem Knoten zusammengedreht und ihr fröhliches Lachen war ansteckend.

Immer musste er zu ihr schauen, sie gefiel ihm schon gut. Nach einer Weile fasste er einen Entschluss und sagte seiner Mutter, dass er gerne nach Hause wollte. Die Mutter hatte die Blicke bemerkt und war verwundert, trotzdem schob sie den Jungen nach Hause.

Er wirkte sehr nachdenklich, das bemerkte seine Mutter natürlich auch. Der Junge fragte sie, wie das denn mit der Liebe so ist.

„Kann sich ein Mädchen auch in mich verlieben, obwohl ich im Rolli sitze?"

Die Mutter lächelte, schnell wurde sie wieder ernst. Dann sagte sie. „Ja klar, das Mädchen wird sich ja nicht in den Rollstuhl verlieben, sondern in dich. Es wird dein Lachen, deine Augen, das Gefühl von Geborgenheit, wenn sie bei dir ist, lieben. Sie wird deinen Herzschlag spüren, der ihr sagt, ob du sie auch ehrlich liebst." Der Junge dachte nach. Dass es so einfach sein würde, konnte er sich nicht vorstellen. Aber Gefühle lasse sich nicht beeinflussen oder etwas vorschreiben. Es wird sich zeigen, wie die Wirklichkeit ist. Er grinste seine Mama an und war sich sicher, dass er das Mädchen wiedersehen würde.

EIN NEUER WEG

Es war einmal ein nicht mehr ganz kleines Mädchen, das nicht sprechen konnte. Es war so, dass es eine sehr lange Zeit dauerte, bis die Türe zu ihr gefunden wurde. Inzwischen hatten sie eine Möglichkeit gefunden, wie sie sich trotzdem mitteilen konnte. Das war sehr wichtig für das Mädchen.

Von da an schien die Sonne in ihr Herz. Es war so, dass die Seele sich nun erst so richtig entfalten konnte. Das Mädchen war jetzt so richtig auf der Welt angekommen. Immer wollte sie ihre Gedanken und Gefühle anderen mitteilen. Die Welt war nun eine andere. Einige Menschen konnten einfach nicht glauben, dass ein Kind etwas lernen konnte, auch wenn es anders war oder aber auch für viele einfach nicht nachvollziehbar war. Das Mädchen wollte gerne wie andere Kinder auch, am normalen Unterricht teilnehmen. Es hatte einfach genug davon, dass es nicht ernst genommen wurde. Es dauerte noch einige Zeit, bis verschiedene Menschen Vorschriften überprüft und nach neuen Möglichkeiten gesucht hatten.

Dann erst durfte das Mädchen in einer anderen Schule online am Unterricht teilnehmen. Die Lehrer waren sehr bemüht und das Mädchen fühlte sich ernst genommen und bemühte sich alles zu lernen.

Es war eigentlich alles ganz normal und doch war es etwas ganz Besonderes für das Mädchen.

DAS SCHLOSS

Es war vor einer langen Zeit, da lebte eine alte Dame in einem wundervollen Schloss. Sie lebte dort ganz allein. Sie hatte keine Familie mehr. Die Frau hatte ein liebevolles, ganz einfühlsames Herz. Sie überlegte, was sie aus dem großen Schloss machen könnte. Ein Hotel, oder eine Schule, oder eine Einrichtung, in der ganz schlaue Kinder unterrichtet werden könnten.

Es geschah, dass eine Familie einen Ausflug machte und an dem Schloss vorbei spazierte. Sie fanden, dass das Schloss einfach perfekt war, um eine Musikschule einzurichten. Eine, in der alle mitmachen durften. Ganz egal, ob die Kinder laufen oder sprechen konnten, Anfälle oder eine Spastik hatten. Die Mutter ging zu dem großen Tor und läutete an der großen Glocke. Es wurde von der Schlossbesitzerin schnell geöffnet. Die Familie erzählte von ihren Gedanken. Die alte Dame bat die ganze Familie in ihren Schlossgarten zu kommen. „Ihr könnt es euch bei den Bäumen gemütlich machen. Dort stehen Sessel, da könnt ihr euch ein bisschen ausruhen" sagte sie.

Die Schlossbesitzerin brachte kühle Getränke und die Kinder legten sich auf Matratzen, um sich auszustrecken. Dann setzte sich die Frau zu der Familie. Sie erzählte ihnen, dass sie zur Zeit selber über die Zukunft des Schlosses nachdachte. Die Idee, eine Musikschule aus dem Schloss zu machen, fand sie genial. Sie erzählte, dass sie früher selbst Musiklehrerin war und gerne wieder unterrichten würde.

Die Familie erklärte, worauf es ankommt und was wichtig ist, wenn kranke, gesunde und behinderte Kinder miteinander Musik machen sollen.

Der Vater sagte: „Alle Kinder mögen es, wenn man Quatsch mit ihnen macht." Die Mutter sagte: „Alle Kinder sollten mit Respekt behandelt werden." Das eine Kind meinte: „Der Spaß an der Musik ist am Wichtigsten." Das andere Mädchen meinte: „Das sind doch eigentlich alles ganz normale Sachen, so sollten wir alle miteinander umgehen, dann würden sich alle ernst genommen fühlen."

Die Musikschule wurde ein voller Erfolg. Die Kinder lernten miteinander, jedes nach seinen Möglichkeiten.

DIE TRAUMWELT

Es war einmal in einer anderen Welt, da war es normal, dass alle gleichbehandelt wurden.

Die Mädchen waren gleichberechtigt und sie wurden auch gleichbehandelt wie die Buben.

Die Menschen, die eine starke Einschränkung oder eine Behinderung hatten, wurden ganz selbstverständlich im Leben aufgenommen. Sie wurden ganz normal mit einer liebevollen Rücksicht behandelt. Keiner wurde ausgelacht, wenn er ein bisschen dicker war oder einfach anders aussah.

Dort in dieser anderen Welt gab es keinen Grund Angst voreinander zu haben. Keiner der Menschen war gierig nach Macht und Geld.

Es war das Paradies.

Am tollsten war, dass die Menschen glücklich waren und zufrieden. Da an einem Tag sehr viel gelacht wurde, waren die Menschen müde vom glücklich sein und sie konnten gut schlafen.

Diese andere Welt war eine Traumwelt, wie sich benachteiligte Kinder und Menschen Geborgenheit vorstellen und genauso angenommen und akzeptiert werden, wie sie waren.

Einfach wäre es, wenn jeder anfangen würde, darüber nachzudenken.

DAS PFERDEGLÜCK

Es war einmal in einem fernen Land, da lebte eine Familie. Es war keine gewöhnliche Familie. Es war eine, die sehr viel Liebe und besonders selbstverständlich, Geduld und Verständnis füreinander hatten. Immer wollten sie ein ganz normales einfaches Leben führen.

Die Familie hatte zwei süße Mädchen. Die ältere konnte nicht sprechen. Das war für alle sehr schlimm, aber trotzdem hatten sie viel Spaß miteinander, sie spielten und lachten. Das Leben war schwer und leicht, die große Liebe trug sie durch die Zeit

Das Mädchen liebte Pferde. Es war immer etwas ganz Besonderes, wenn sie zu den Pferden durfte. Einmal merkte sie, dass die Tiere ihr Kraft und Mut gaben. Das Mädchen wurde sehr krank und musste für eine längere Zeit in ein Krankenhaus. Da war es gut, dass ihre Mutter und die kleine Schwester auch dabei waren. Es war ein Trost und gab ihr Halt und Sicherheit.

Die ganze Zeit dachte sie an ihr Lieblingspferd. Wenn sie die Augen schloss, spürte sie die Kraft und Energie des Pferdes. Diese half ihr über sehr schwere Stunden.

Diese Kraft streichelte immer ihre Seele. Es schien, dass der Zustand sich nicht verbesserte, sondern eher verschlechterte. Die Familie war sehr stark und durch die große Liebe konnten sie das miteinander ertragen.

Irgendwann geschah ein Wunder und das Mädchen wurde wieder gesund.

Das Mädchen konnte immer noch nicht sprechen, aber die Familie lernte mit Gedankenpost zu kommunizieren. Das klappte nach einiger Zeit auch wunderbar. So fanden sie ihren eigenen Weg, wie sie sich austauschen konnten.

Die ganze Familie war zufrieden mit dem, was sie erreicht hatten.

ÜBER DIE LIEBE

Es ist so, dass ich gerne meine Gedanken mit euch teile. Ich denke darüber nach, wie es denn mit der Liebe so ist. Liebe ist ein wichtiges Gefühl, das wohl die ganze Welt zusammenhält. Ohne Liebe ist es so, dass Menschen sich verletzen.

Ein sehr großes Gefühl ist die Liebe. Sie ist so stark und doch so zerbrechlich. Liebe ist das Tor zu Menschen. Sie kann auch das Tor zur Seele sein. Es gibt viel Liebe auf der Welt, aber auch viel, was die Liebe zerstören kann.

Immer will ich sagen, dass die Liebe sehr gut beschützt werden muss.

Es ist so wie mit einer zarten Blume.

DAS MÄDCHEN UND DIE FARBEN

In einer sehr alten Stadt lebte ein Mädchen das oft voller Traurigkeit war. Das sah ihr aber niemand an. Sie war sehr hübsch, doch wenn man genau hinsah, konnte man die große Traurigkeit in ihren Augen sehen.

Sie hätte gerne den ganzen Tag die Rollläden an ihren Fenstern ganz unten. Das helle Sonnenlicht wollte sie nicht sehen und sie sah das Schöne der Welt nicht.

Ein dichter Nebel hüllte sie ganz und gar ein, durch den kaum Freude drang. Sie erkannte das ganze Leben als Last und spürte nur Schwere. Ihr Herz war einfach immer verschlossen und es konnte niemand hinein.

So geschah es, dass sie in eine therapeutische Behandlung musste. Es fiel ihr sehr schwer, ihr Zimmer zu verlassen und die fremde Therapeutin in den fremden Räumen zu besuchen.

Anfangs gab es große Schwierigkeiten, aber mit der Zeit fanden das Mädchen und die Therapeutin zueinander. Einfach war es nicht, einen gemeinsamen Weg zu finden, denn das Mädchen war sehr verschlossen. Es war so, dass das Mädchen sprechen konnte, aber es fiel ihr sehr schwer, ihre Gefühle in Worte zu fassen.

Da hatte die Therapeutin eine gute Idee. Ganz nebenbei hatte sie bemerkt, dass das Mädchen gut und gerne malen konnte. Von da an zeichnete das Mädchen ihre Gedanken und Ängste immer in Bildern versteckt. Anfangs waren die Bilder sehr grau und düster, aber das Mädchen malte immer weiter. Sie spürte sehr genau, dass es ihrem Herzen guttat, wenn sie ihre Gefühle in Farben ausdrückte.

Dass die Zeit sehr schnell verging, hatte das Mädchen gar nicht bemerkt, denn sie war so in ihre Zeichnungen vertieft, dass sie sehr erstaunt war, als ein Jahr vorbei war.

Sehr langsam war es in ihrem Herzen heller geworden und das Herz war nun nicht mehr verschlossen. Ein farbiger Strahl wie ein Regenbogen glänzte in ihren Augen, die ihre Traurigkeit verloren hatten.

Sie lachte und lief über die Wiese. Die Farben der Blumen sah sie genau und jetzt konnte sie sich ganz einfach darüber freuen.

DIE ZWEI MÄDCHEN

Es war vor nicht allzu langer Zeit. Da lebten einmal zwei Mädchen. Beide konnten nicht sprechen. Ihre Herzen verstanden sich gut. Noch nie hatten sie miteinander gesprochen. Nie mit Worten. Sie waren mit einem unsichtbaren Band miteinander verbunden. Sie spürten immer genau wie es sich anfühlte, wenn man nicht sprechen kann, falsch verstanden wird oder erst gar nicht als vollwertigen Menschen wahrgenommen wird.

Die beiden verstanden sich sehr gut. Es gab eine Zeit, wo sie sich regelmäßig trafen. Sie schickten sich immer Gedankenpost. Sie verstanden sich ganz ohne Worte.

Das war eine große Liebe.

Dann kam eine Zeit, wo sie sich nicht mehr sahen. Sie waren aber trotzdem in Gedanken miteinander verbunden.

Die Zeit verging. Der Frühling, der Sommer und der Herbst vergingen. Dann ging der Winter vorbei. Es wurde Zeit, dass die beiden Mädchen endlich wieder zusammen sein konnten. Die Freude in den Herzen der Mädchen war riesengroß.

Es gab aber Veränderungen, die sehr schwer auszuhalten waren.

Das jüngere Mädchen war sehr schwer krank geworden. Es war aber so, dass die Liebe der Familie riesengroß war, davon war das Mädchen ganz umgeben. Sie war wie auf einer Wolke aus Liebe gebettet. Ein wunderschöner Engel saß bei dem Mädchen.

Ganz zart legte der Engel seinen Flügel um die Mutter.

Das Mädchen war geborgen.

DER KLEINE ENGEL
UND DAS MÄDCHEN

Es war einmal ein kleiner Engel, der war für ein kleines Mädchen zuständig. Er sollte immer bei ihr sein und ihr zur Seite stehen. Seit ihrer Geburt wich er nicht von ihrer Seite. Er passte sehr gut auf das Mädchen auf. Der Engel passte besonders aufmerksam auf, wenn es dem Kind nicht gut ging, dann legte er seinen Flügel ganz eng um das Kind.

Der Engel wusste, dass das Mädchen ein besonderes Kind war. Sie kam mit einer Behinderung zur Welt. Sie lernte mühsam und manches konnte das Mädchen trotz großer Anstrengung gar nicht lernen. Sie war aber trotzdem ein sehr fröhliches lebenslustiges Mädchen.

Das Kind genoss die Sonnenstrahlen, die ihr die Sonne entgegen strahlte und liebte es auf einem Pferd zu sitzen.

Nun brach eine schwere Krankheit bei dem Mädchen aus. Es war eine sehr gemeine Krankheit, die ihr sehr viel Energie und Freude am Leben kosteten. Sie wurde immer stärker und raubte ihr die ganze Kraft zum Leben. Die Eltern versorgten ihr Kind liebevoll. Der Engel wachte Tag und Nacht am Bett des Mädchens. Es waren inzwischen noch mehr Engel da, die das Kind bewachten.

Eines Abends ging das Mädchen mit ihren Engeln in eine andere Welt. Dort konnte sie tanzen und es ging ihr nach langer Zeit endlich wieder gut.

Es war nicht das Ende, sondern der Anfang eines neuen Lebens.

GROSSER SCHMERZ UND GROSSE LIEBE

In einem fernen Land, da lebte einmal eine weise Frau. Sie konnte in die Herzen der Menschen schauen. Es war manchmal sehr schwer, denn sie konnte den Schmerz der Menschen auch spüren.

Eines Tages kam eine junge Frau zu ihr. Die große Traurigkeit sah sie sofort. Sie nahm die Frau in den Arm und hielt sie fest. Sie standen lange so da, bis die junge Frau mit Weinen aufhörte. Immer noch waren ihre Augen so traurig. Es war noch nicht lange her, da wurde ihr Kind von Engeln in eine andere Welt getragen. Sie wusste, dass es ihr dort, wo sie war, sehr gut ging. Es war aber eine große Traurigkeit in ihr, dass sie es fast nicht aushalten konnte. Ein kleiner Engel war seit einiger Zeit an ihrer Seite. Er war sehr liebevoll und versuchte sehr zart, ihre Seele zu streicheln.

Das war gut und es gab ihr Kraft für die kommenden Monate. Die Zeit verging und die Welt drehte sich weiter.

Die weise Frau hörte gut zu, was die junge Frau erzählte. Dann sagte die weise Frau: „Es wird immer eine Traurigkeit zurückbleiben, aber was du auch machst, dein Kind wird immer in deinem Herzen bleiben und keiner kann es dir mehr nehmen. Denke an die schönen Stunden, die ihr miteinander hattet, denn sie können deinen Schmerz lindern."

Die junge Frau umarmte die weise Frau, bedankte sich bei ihr und ging wieder nach Hause, wo der kleine Engel auf sie wartete.

Die Wunde, die der Verlust hinterließ, heilte sehr langsam, aber gut.

EINE ZEIT

Eine Zeit, um an Dich zu denken.

Eine Zeit, um zu weinen und um Dich zu vermissen.

Eine Zeit um dankbar zu sein, dass wir Dich bei uns hatten.

Eine Zeit, um Dich loszulassen.

Eine Zeit, um an Dich mit einem Lächeln im Gesicht zu denken.

WUNSCHGESCHICHTEN

„DAS SIND GESCHICHTEN, DIE SICH FREUNDE VON MIR GEWÜNSCHT HABEN"

WILLOW

Es war einmal ein Mädchen, das lebte mit sieben Geschwistern in einem kleinen Dorf im westlichen Afrika.

Sie waren sehr arm.

Überhaupt war die Hütte, in der sie lebten, klein, dunkel und schmutzig. Die Kinder mussten viel arbeiten. Der Weg zur Wasserstelle war weit und die schweren Wasserbehälter mussten sie auf dem Kopf nach Hause tragen. Sie mussten sobald es hell wurde loslaufen.

Von allen Richtungen kamen Frauen und Kinder, um Wasser zu holen. Willow trug einen großen Krug auf dem Kopf. Sie war fast zu Hause, als ein wilder hungriger Löwe aus dem Gebüsch sprang. Willow erschrak so sehr, dass der Wassertopf zu Boden fiel und zerbrach.

Sie rettete sich mit einem Satz hinter die Dornenhecke. Noch brüllte der Löwe, doch dann drehte er sich um und verschwand in der Steppe. Willow musste sich noch einmal auf den Weg machen. Es war nun schon sehr spät und ihre Mutter wartete bereits auf das Wasser.

Willow beeilte sich, um das Wasser für ihre Familie zu holen.

NOCH EINE AFRIKANISCHE GESCHICHTE

Seit Monaten hatte es nicht mehr geregnet und die Wasservorräte wurden knapp. Überhaupt waren die Menschen in großer Sorge.

Es war zu überlegen, wie sie diese Zeit überstehen konnten. Willow holte, wie jeden Tag, Wasser. Sie musste lange stehen, bis der Eimer voll war. Sie trug das Wasser sehr vorsichtig nach Hause. Willow versuchte keinen Tropfen von dem kostbaren Wasser zu verschütten.

Was konnte sie nur machen?

Sie schaute sorgenvoll an den Himmel. Da fiel ihr ein, wie ihre Großmutter von Regentänzen erzählte hatte. Sie wollte deshalb zu ihrer Tante gehen, um sie um Rat zu fragen.

Zum Glück kannte sie den Regentanz.

Willow und ihre Tante tanzten und sangen um das Feuer. Bald tanzte die ganze Familie den Regentanz. Sie feierten ein schönes Fest. Müde gingen sie schlafen. Mitten in der Nacht hörte Willow ein Geräusch.

Es regnete. Welch ein Glück, es regnete wirklich.

Willow rannte aus der Hütte und tanzte im Regen. Sie sang und tanzte und war überglücklich.

DER KLEINE SÜSSE FREUND

In einer kleinen Stadt lebte einmal ein kleines Mädchen. Sie lebte mit ihrer Familie in einer sehr kleinen Wohnung.

Zu gerne hätte sie ein Tier. Einen Hamster oder einen Wellensittich. Am allerliebsten aber wünschte sie sich einen Hund. Sie wusste jedoch, dass Tiere in dieser Wohnung streng verboten waren. Deswegen war das Mädchen sehr oft traurig.

Eines Tages begegnete ihr auf der Straße eine ältere Frau, die in einem kleineren Häuschen, ein paar Straßen weiter lebte. Sie war mit ihrem kleinen Hund unterwegs, es war der süßeste Hund, den das Mädchen je gesehen hatte. Schon oft waren sie sich begegnet. Jedes Mal durfte sie den kleinen Hund streicheln. Inzwischen waren sie schon gut miteinander vertraut.

Die Frau sah das Mädchen sehr traurig an und sagte: „Mein liebes Mädel, ich kann alleine nicht mehr für meinen kleinen Freund sorgen. Ich werde ihn in ein Tierheim geben müssen." Das Mädchen erschrak. Bilder von traurigen Tieren wirbelten in ihrem Kopf umher. Sie rief: „Nein das dürfen Sie nicht!" Ihr liefen dicke Tränen über die Wangen.

Die alte Frau sagte: „Es tut mir selbst sehr leid, aber ich kann nicht mehr jeden Tag mit ihm spazieren gehen, dass schaffe ich nicht mehr. Ich lebe alleine und habe niemanden, der mir hilft." Das Mädchen schaute die Frau an und drückte dabei den kleinen Hund ganz fast an sich. Mit fester Stimme sagte sie zu der Frau: „Das kann ich doch machen. Ich komme jeden Tag nach der Schule, um mit dem kleinen Schatz einen großen Spaziergang zu machen."

Jetzt war es die Frau, die Tränen in den Augen hatte. Mit leiser Stimme sagte sie: „Das würdest du machen?" Das Mädchen sagte: „Ja, sehr gerne." Und sie drückte den neuen Freund noch ein bisschen fester an sich.

DREI GUTE FREUNDE

In einem kleinen Dorf standen einmal drei Bauern-
höfe. Sie hatten alle den Stall voller Milchkühe.
Alle hatten ungefähr gleich viele Tiere.

Eigentlich kamen sie gut miteinander aus, bis sie
darüber nachdachten, gemeinsam einen neuen
Traktor zu kaufen.

Abends machten sie ein Feuer und grillten Würstchen.

Jeder der drei Männer sagte, was ihm am wichtigsten war und was der Traktor unbedingt können
muss.

Für den ersten Bauern war es wichtig, dass er nicht
zu schwer ist, damit der Boden nicht so stark ver-
dichtet wird.

Der zweite Bauer wollte unbedingt einen Fendt, weil
er schlechte Erfahrungen mit John Deere gemacht
hatte.

Der dritte wollte unbedingt einen New Holland
haben.

Da rief der erste: „Niemals kommt mir so eine blaue
Kiste auf den Hof!"

Da sagte der zweite. „Du bist doch mit deinem dauernd in der Werkstatt. Warum willst Du nicht einmal
einen anderen ausprobieren?"

Sie diskutierten immer lauter und wilder, bis ein
heftiger Streit entfachte. Die Würstchen verbrannten,
weil an die niemand mehr dachte.

Hungrig und wütend wollten sie ins Bett gehen.
Gerade löschten sie das Feuer.

Da kam der jüngste Sohn des ersten Bauern hinter der Hecke hervor und sagte: „Ich kann nicht
glauben, dass ihr euch wegen dem Traktor so arg
streitet. Das ist doch wohl nicht euer Ernst!"

Die Freunde sahen sich an und plötzlich mussten sie
laut lachen. Sie lachten und lachten, bis ihnen die
hungrigen Bäuche weh taten.

Dann sahen sie den Jungen an und sagten: „Danke,
dass du uns das gesagt hast!"

EINE FUSSBALLGESCHICHTE

Ein kleiner Junge lebte in einem Dorf. Er war ganz allein mit seiner Mutter und er hatte keine Geschwister. An einem verregneten Tag war es ihm wieder einmal besonders langweilig.

Er schaute aus dem Fenster und wartete bis seine Mama nach Hause kam. Sie hatte versprochen, ihn in einem Fußballverein anzumelden. Er konnte es kaum abwarten, bis er endlich in einer richtigen Mannschaft spielen konnte.

Er war der größte FC-Bayern-Fan, den man sich vorstellen konnte.

Er hatte alle Namen der Mannschaft an die Wände in seinem Zimmer geschrieben. Seinen Lieblingsspieler, Robert Lewandowski, schrieb er mit roten Buchstaben an die Decke, direkt über seinem Bett.

Wenn nur erst seine Mutter nach Hause käme.

Endlich hörte er seine Mama im Flur. Sie rief fröhlich: „Hallo ich bin wieder da, ich habe dir etwas mitgebracht." Der Bub lief aus dem Zimmer, um zu sehen, was ihm seine Mutter mitgebracht hatte. Sie lachte und winkte ihm mit nagelneuen Fußballschuhen entgegen. Der Junge jubelte und zog die Schuhe sofort an.

Sie passten prima.

Sofort wollte er sie ausprobieren. Aber seine Mutter sagte, dass er bitte erst noch Müll rausbringen und bei der Hausarbeit helfen sollte. Der Junge stampfte auf den Boden und schrie seine Mutter an. „Ich will jetzt Fußballspielen und nicht den Müll durch die Gegend schleppen." Die Mutter nahm ihren Sohn auf den Schoß:

„Hör mir einmal ganz genau zu. Wenn wir hier zusammenleben, dann müssen wir auch zusammen helfen.

Das ist wie beim FC Bayern, da müssen alle zusammenspielen und sie können nur gewinnen, wenn sie alle zusammenhalten. Wenn nur Lewandowski über das Spielfeld rennt, dann kann die Mannschaft niemals gewinnen."

Der Junge nahm seine Mutter in den Arm, drückte sie einmal ganz fest und ging hinaus und brachte den Müll weg.

WEIHNACHTSGESCHICHTEN

EINE WEIHNACHTSGESCHICHTE

Es war vor langer Zeit, in einem fernen Land. Dort lebte eine junge Frau, die erwartete ein Kind. Ihr Mann hieß Josef. Manchmal wünschte sich Maria einen Esel, der ihr bei der Arbeit helfen konnte, aber Josef hatte nicht so viel Geld,

Eines Tages, als Maria auf dem Feld war, hörte sie ein komisches Geräusch. Ein Esel hatte sich in der Dornenhecke verfangen. Maria befreite ihn und nahm ihn mit nach Hause. Sie pflegte ihn und versorgte seine Wunden. Als er wieder gesund war, half er Maria bei der Arbeit. Der Esel war Maria eine große Hilfe. Es war sogar so, als ob der Esel schon immer bei ihr gewesen wäre.

Nun war es Zeit, dass das Baby zur Welt kommen sollte. An einem Abend klopfte es an der Türe und ein Bote sagte, dass sie nach Betlehem mussten. Maria weinte, sie wollte zu Hause bleiben, wegen des Babys.

Dennoch packten sie ihre Sachen zusammen und machten sich auf den Weg. Der Weg war sehr weit und es war sehr anstrengend für Maria. Als sie endlich ankamen, war in ganz Betlehem kein Zimmer mehr frei. Maria war sehr müde. Sie mussten aber unbedingt eine Unterkunft finden, denn es war sehr kalt. Da erblickten sie einen Stall und sie gingen hinein. Der Esel machte sich über das Heu her. Maria legte sich in das Heu hinein. In dieser Nacht kam das Jesuskind auf die Welt. Der Esel legte sich ganz dicht zu Maria und dem Kind, um die beiden zu wärmen. Er passte auf, dass dem Jesuskind niemand zu nahekam.

Es kamen viele Hirten, um das Kind zu sehen und der Esel hatte viel zu tun. Immer hatten sie viel Besuch. Nach ein paar Tagen machten sie sich auf den Heimweg. Der Esel trug stolz, Maria und das Kind nach Hause.

Josef klopfte den Esel am Hals und sagte zu ihm: „Gut, dass wir dich haben, alleine hätten wir das nicht geschafft!"

DAS KLEINE SCHAF

Es war einmal vor langer Zeit, da lebte in einem fernen Land ein kleines Schaf. Es war ein besonders kleines Schaf, deshalb konnte es auch nicht so schnell laufen wie die anderen Schafe. Eines Tages, als die Herde auf eine andere Weide getrieben wurde, da konnte das Schäflein nicht mehr und verlor die Herde aus den Augen.

Es irrte umher und war ganz allein. Auf einmal sah es einen Stern am Himmel leuchten. Der war so hell und strahlte weit über das Feld hinweg. Es lief wie verzaubert hinter ihm her, bis es einen Stall erblickte. Das Schäflein wollte über die Wiese zu dem Stall laufen. Erschrocken blieb das Schaf stehen. Es sah sich um und bemerkte, dass es diese Gegend überhaupt nicht kannte. Dennoch lief es weiter zu dem Stall. Neugierig schaute es hinein. Es sah ein schwaches Licht und einen Esel, der die Sicht versperrte. Es musste etwas ganz Besonderes in dem Stall geschehen sein, das spürte das Schaf genau. Ständig wedelte der Esel mit dem Schwanz vor ihrer Nase herum.

Das Schaf drückte sich an dem Esel vorbei, in den Stall hinein. Endlich war die Sicht frei und das kleine Schaf konnte in den Stall sehen. Vor Erstaunen blieb dem Schäflein das Mäulchen offenstehen und es starrte mit weit aufgerissenen Augen in den Stall hinein.

Da lag ein Baby, in Tücher gewickelt, in den Armen einer Frau. Ein Mann stand auch dabei. Der ganze Stall war voller Engel und sie sangen so schön. Das kleine Schaf spürte, dass es hier dringend gebraucht wurde. Jetzt sah es, dass die Frau fror. Das Schäflein zögerte nicht lange und legte sich zu der Mutter. Ganz dicht kuschelte sich die Frau an das Schaf, um sich und das Kind zu wärmen.

Auf einmal ging die Türe auf und die Schafherde, die das Schäflein verloren hatte, trottete herein und legten sich alle um die Familie. Es wurde schön warm im Stall.

Aber so nah wie das kleine Schaf war sonst keiner bei dem Kind!

AUF DEM WEG NACH WEIHNACHTEN

Alle Jahre wieder
kommt der Advent.
Und es fallen Schneeflocken hernieder
und die Zeit rennt.

Jetzt ist es nicht mehr weit,
Maria und Josef sind schon auf dem Weg.
Es wird auch höchste Zeit
sie müssen sehen, wie alles geht.

Der Baum muss noch aufgestellt werden.
Immer muss die Krippe noch an seinen Platz.
Sonst gibt es noch Beschwerden.
In die saubere Krippe liegen, kann dann der Schatz.

DER WEIHNACHTSENGEL

Es war ein ganz normaler Weihnachtsabend. Die Dunkelheit schlich bereits über das Land.

Die Kinder konnten kaum erwarten, dass der Christbaum in seiner ganzen Pracht erstrahlen würde. Sie wollten sehen, ob das Christkind ihre Wünsche erfüllt hatte. Sie wollten das Weihnachtsgefühl spüren.

Wenn der Weihnachtsengel in das Weihnachtszimmer trat, dann war Weihnachten. Diesen Moment gab es nur einmal im ganzen Jahr. Die Erwachsenen konnten ihn nicht sehen, er war nur für Kinderherzen sichtbar, der Weihnachtsengel. Er legte immer seinen Flügel um die ganz kleinen Kinder, bis die Liebe um sie war. Diesen Zauber konnten alle, die im Zimmer waren, in sich spüren.

Dann ging er wieder, um in einer anderen Familie die Weihnachtsfreude und den Zauber von Weihnachten in die Herzen zu bringen.

Der Engel ging mit einer großen Freude in das nächste Haus.

IM WINTER

Ich sehne mich nach Licht.
Der Wald liegt einsam da.
Überhaupt, wie ich ihn lange nicht sah,
aber fürchten tu ich mich nicht.

Die Rehe sind im Versteck.
Die Vögel suchen Körner zum Picken
und wollen im Neste nicken.
Es ist der Fuchs, der nachts sich schleicht um das Eck.

Er sucht nach einem Leckerbissen.
Doch er findet am See
kein Futter nur Schnee.
So kehrt er hungrig heim auf sein Kissen.

DIE BESONDERE NACHT

Es war in einer kalten Winternacht, da kam ein kleines Kind zur Welt. Die Eltern nahmen es liebevoll in den Arm. Sie versuchten, so gut es ging, das Neugeborene vor der Kälte zu schützen. In dem einfachen Haus, in dem sie lebten, pfiff der Wind durch die Ritzen. Die Familie war sehr arm, aber in ihnen war viel Liebe. So lag das Kind in den Armen der Mutter.

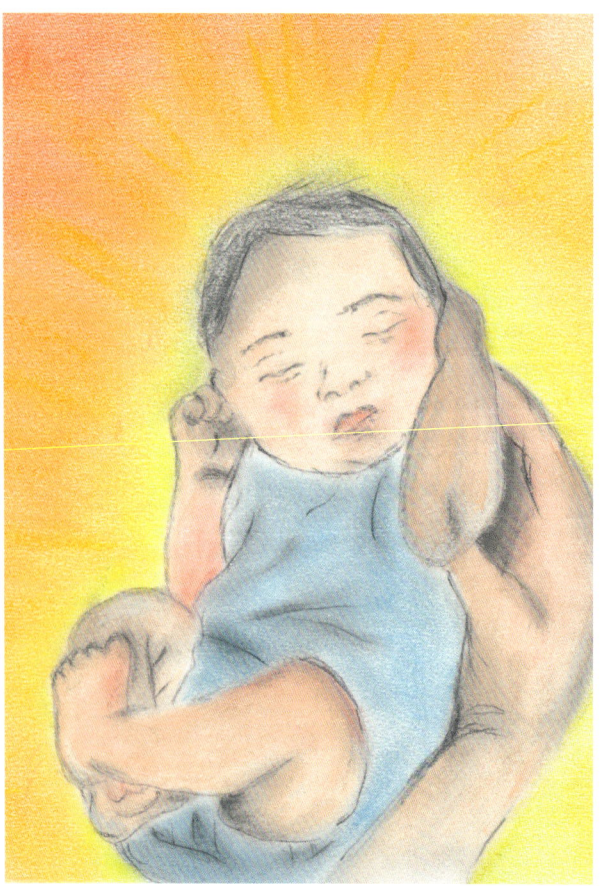

Da klopfte es an der Türe. Der Mann öffnete und sah ein wundervolles Licht am Himmel aufleuchten. Aber wer hatte da geklopft? Er sah sich um, konnte aber niemanden sehen. Der Mann schloss die Türe wieder und wunderte sich.

Nach einiger Zeit klopfte es erneut an der Türe. Da ging er wieder und öffnete. Diesmal kam ihm eine angenehme Wärme entgegen. Er schloss die Augen und spürte diese besondere Wärme in sich fließen. Diesmal ließ er die Türe offen, die wohlige Wärme breitete sich im ganzen Haus aus. Das Kind konnte trotzdem nicht schlafen, es weinte.

Nach einiger Zeit hörte die Mutter wundervollen Gesang. So schön wie sie noch keinen zuvor gehört hatte. Sie wusste, das müssen Engel sein. Sie lauschte dem Gesang und in ihr kehrte der Frieden ein.

Das Kind schlief friedlich ein. Es träumte von Engeln und dem schönen Gesang. Es spürte die wohlige Wärme in seinem Herzen. Das warme Licht umgab das Kind und .es fühlte, dass es eine besondere Nacht sein musste. Es war die Heilige Nacht, in der auch das Jesuskind geboren wurde.

Es war der Friede, die Liebe und die Wärme, die die ganze Welt einhüllten. Der Gesang blieb in den Herzen der Menschen, die bereit dafür waren.

DAS BESONDERE JESUSKIND

In einer kalten Winternacht wurde in einem Stall ein Kind geboren. Es war sehr klein und hilflos. Maria, die Mutter, wickelte es in Windeln und kuschelte mit ihm ins Stroh, so hatte es schön warm. Nach einer Weile bekam das Baby Hunger und es durfte bei Maria trinken. Als es satt war schlief es wieder ein. Es schien alles in bester Ordnung zu sein.

Der Stern leuchtete über dem Stall.

Die Engel sangen schöne Lieder.

Auf einmal schrie das Kind laut und begann zu zucken, es hatte einen Anfall. Maria und Josef wussten nicht, was sie machen sollten, das hatte ihnen niemand gesagt. Wahrscheinlich wäre das Kind gestorben, wenn nicht einer der Hirten ein Notfall-Medikament dabeigehabt hätte. Er war Arzt und konnte dem Kind helfen. Er untersuchte es gründlich. Dann sagte er: „Das Baby ist behindert und es wird nie sprechen und laufen lernen."

Die Eltern weinten lange, bis ein Engel seine Flügel um sie legte und sagte: „Ihr werdet viel Freude miteinander haben, das Kind ist stark und wird euch zeigen was wirklich wichtig ist. Viele Menschen werden das nicht verstehen."

Maria nahm das Kind auf den Arm und Josef legte seinen Arm um beide.

ALS ICH NOCH NICHT „SPRECHEN" KONNTE –
GEDANKEN VON MEINER MAMA

Einen Körper zu haben, der das tut was wir von ihm erwarten und Sprache zur Verfügung zu haben, mit dem wir unsere Bedürfnisse, Wünsche, Gedanken austauschen können, schien für uns bisher selbstverständlich. Was es heißt, gar nicht sprechen zu können und auch keine Möglichkeit zu haben, mit Mimik und Gestik zu erklären, was unsere Tochter denn gerade sagen will, ihre grundlegendsten Bedürfnisse mitzuteilen, das war für uns erst mal sehr schwer zu ertragen.

Den Satz: „Sie wird euch nie wahrnehmen", den wir damals zusammen mit Lilly aus dem Krankenhaus mit nachhause nahmen, war natürlich auch in unserem tiefen Inneren gespeichert.

Dieser Satz war unendlich schmerzhaft für uns, er war wie ein riesiger Felsen, den wir mit uns herumschleppten. Andererseits setzte er auch Kräfte in uns frei, von denen wir bis dahin nicht wussten, sie überhaupt zu besitzen.

Die ersten Jahre waren geprägt von großer Sorge, hineinfühlen, erahnen von Wünschen, vermuten, was Lilly denn wahrnimmt. Fühlt sie anders als andere Kinder? Was denkt sie, was möchte sie und was auf keinen Fall?

Als Lilly noch ganz klein war, war schon vieles anders. Sie konnte ihre Befindlichkeiten nicht mit Mimik und gar nicht mit Gestik ausdrücken, wie ein gesundes Kind. Für uns war es natürlich sehr schwer herauszufinden, was gerade nicht stimmte, was sie wollte oder brauchte.

Wir hofften, dass Lilly Fortschritte machen würde, um die Verständigung mit uns zu verbessern.

Wir verließen uns immer auf Lillys Lächeln. Wenn es ihr gut ging und sie lächelte, war wohl das Meiste in Ordnung. Lillys Lächeln war über viele Jahre das Einzige, was uns blieb, um eine Idee von ihren Wünschen und Vorlieben zu bekommen.

Da Lilly ihre Arme nicht für die Kommunikation einsetzen konnte, einigten wir uns später auf ein Augenzwinkern, wenn Lilly ja meinte, einverstanden war oder etwas gut fand. Das funktionierte meistens aber nicht so ganz zuverlässig und wenn es Lilly nicht gut ging, dann klappte das gar nicht.

Gerade dann, wenn es für uns am wichtigsten gewesen wäre.

Es war nicht viel, aber es war ein Anfang und für uns hieß es, dass Lilly versteht, was gesprochen und gefragt wird.

Für uns als Eltern war es sehr schwer zu ertragen, dass Lilly uns ihre Wünsche und Gedanken nicht mitteilen konnte und uns nicht fragen konnte, was sie gerne wissen wollte, was sie interessiert. Wir versuchten situationsbedingt herauszufinden, was Lilly jetzt braucht, was ihr weh tun könnte oder was sie gerne hätte.

Viel konnten wir erahnen, viel blieb uns verborgen.

Durch die schlechte Kopfkontrolle, die es ihr nicht möglich machte, ihr Gegenüber anzuschauen und den Kopf in die Richtung Gesprächspartner zu drehen, wurde sie sehr oft falsch verstanden.

Dieses Kopfabwenden wurde sehr oft mit Desinteresse bewertet und brachte ihr den Status „geistige Behinderung" ein. Dies führte auch dazu, dass Lilly gerne „übersehen" und nicht als Gesprächspartnerin akzeptiert wurde.

Erst gab es nicht so viel Rückmeldung, ein Augenzwinkern, ein Grinsen. So arbeiteten wir uns Buchstabe für Buchstabe, Wort für Wort, immer weiter vor. Sehr oft hatte ich alle Übungen wiederholt, weil ich mir ja nie ganz sicher war, dass Lilly alles verstanden hat. Im Nachhinein bewundere ich Lillys Ausdauer, alles immer wieder zu wiederholen, obwohl sie es schon lange konnte. Aber sie wusste wohl, dass es ihre einzige Chance sein würde, dass jemand ihr die Türe öffnen könnte.

Beim Üben der Buchstaben, Wörter, Zahlen, Bilder und später der kurzen Sätze, war ein großer Vorteil, dass wir keinen Zeitdruck mehr hatten. Lilly schien ja sowieso durch alle Raster gefallen zu sein. Sie hatte mit 13 Jahren noch nie am regulären Unterricht teilgenommen.

Meine größte Motivation war, dass Lilly immer, aber auch wirklich immer, Lust hatte, mit Buchstaben, Wörtern und Bildern zu arbeiten. Sie war immer motiviert, machte nach ihren Möglichkeiten mit.

Als dann unser Schreibsystem fertig war und Lilly ihr erstes Wort buchstabierte, hatten wir keine Ahnung, welchen unglaubliche Wortschatz sie sich in den letzten Jahren angeeignet hatte.

Welche Flut an Gedanken, Ideen, Fragen und Erlebtes aus Lilly noch herausprudeln würden!

Dass sie auf der Überholspur vieles nachholen würde und sich still und heimlich selbst das Lesen beigebracht hatte, das war für uns zu der Zeit überhaupt nicht klar, wir fanden erst nach und nach heraus.

Lilly beschreibt alles immer sehr ehrlich, wohl überlegt und komprimiert. Klar, ihre „Redezeit" ist ja immer noch sehr begrenzt und es ist noch nicht möglich, dass sie zu jeder Situation etwas sagen kann.

Wir sind sehr gespannt, was Lilly uns noch zu sagen hat und sind sehr dankbar, dass sie nun ihre Sicht auf die Welt mit uns teilt.

NACHWORT

„Es ist so wichtig, dass wir aufeinander achtgeben, jeder ist so einzigartig. Dass Kinder in Schubladen gesteckt werden, das ist nicht sehr schlau. Denn es nimmt denen, die darin stecken, die Freude am Leben."

Lilly, 10. August 2022

Was für eine Ehre!

Ein Nachwort schreiben zu dürfen für das erste Buch einer jungen Schriftstellerin!

Noch dazu, weil sie inzwischen zu einer sehr guten Freundin geworden ist. Und weil sie zunächst „nur" unsere Patientin war.

Wo anfangen?

Bei den harten medizinisch-neurologischen Fakten?

Dass Lilly Haller bei ihrer Geburt – ohne dass ihre Mutter irgendwelche Risikofaktoren während der Schwangerschaft bemerkt haben konnte – beinahe gestorben wäre?

Dass sie in der Folge des massiven Sauerstoffmangels unter der Geburt eine sehr schwere dyskinetische und spastische Cerebralparese hat, die mit plötzlichen Bewegungen in alle Richtungen (sog. Dyskinesie-Attacken), die ihr den Kopf plötzlich wegdrehen, ihre Arme, Beine und den Rumpf in irreguläre Haltungen zwingen und mit einer starken Spastik der Extremitäten und der Mundmuskulatur einhergeht, die ihr willkürliche Bewegungen massiv erschwert und zum großen Teil unmöglich macht?

Dass sie von ihrer Familie von Anfang an als ganze Person angesehen wurde, nach Kräften und mit enorm viel Fantasie gefördert wurde, obwohl ihren Eltern von Ärzten anfangs fatalistische, demotivierende Aussagen wie „Ihr Kind wird sie nie wahrnehmen können, wird sich ihnen nicht mitteilen können" entgegengeschleudert wurden?

Dass sie schon länger lesen konnte – als die Familie ahnte?

Dass Lilly mit Hilfe ständiger rhythmischer Bewegungen aus der Musiktherapie heraus und durch die eigenverantwortliche Förderung der Mutter schließlich 2020 gelernt hat, sich schriftlich mit Hilfe einer Fünf-Felder-Buchstaben-Auswahltafel auszudrücken?

Dass Lilly in der ersten Förderschule (mit Schwerpunkt körperliche Entwicklung) über Jahre völlig falsch eingeschätzt und schließlich richtiggehend missachtet worden ist in ihren Begabungen? Und dass sie, seit sie die Schule 2021 endlich wechseln durfte, inzwischen im Realschulzweig als gute Schülerin am Online-Unterricht teilnimmt und eine der glücklichsten Schülerinnen ist, die wir kennen?

Dass die Genehmigung von fast jedem medizinischen Hilfsmittel einen massiven Kampf mit der Krankenkasse bedeutet, der über Monate und Jahre geführt werden muss, zum Teil bis vor das Sozialgericht? Dass jeder Infekt eine drohende Lungenentzündung bedeutet, bei deren bloßen Vorstellung Lilly und die Familie von unvorstellbaren Ängsten überfallen werden?

Alles möglich und naheliegend.

Aber es ist doch ganz einfach.

Wir hoffen, dass Lillys Texte Sie als Leser*in faszinieren, dass Sie die junge Frau dahinter erkennen, einen bezaubernden, besonders begabten jungen Menschen, die ihre persönliche Erfahrung mit Ihnen teilen möchte.

Diese Auswahl von Texten, die Gedichte, Geschichten und die freie Prosa, hat Lilly in den letzten drei Jahren verfasst. D.h., sie hat sie mithilfe ihres rechten Ellenbogen-Streckmuskels, dessen Bewegung von ihrer Mutter als Impuls aufgenommen wird und so das (leise) vorgelesene Item auswählt, Buchstabe für Buchstabe diktiert. An einer technischen Lösung wird derzeit noch gearbeitet, bislang hat leider noch kein verfügbares System zuverlässig genug die willkürlichen Auswahlbewegungen von Spastik oder Dystonie unterscheiden können oder war schnell genug um Lilly und ihre Mutter beim Diktat zufriedenstellend zu entlasten.

Dabei sind Texte entstanden, die uns beide als Begleiter immer wieder staunen lassen, sehr berühren. Wir sind unglaublich dankbar, dass wir Lilly und ihre Familie getroffen haben und diesen Weg begleiten durften und dürfen. Und wir hoffen, dass Lilly noch viele andere Unterstützer*innen findet. Und dass noch mehr jungen Menschen, egal mit welcher Behinderung auch immer, das Glück zuteilwerden kann, dass ihre wirklichen Begabungen richtig erkannt werden. Dass wir angeblich „Normalen" erkennen, dass es allzu oft unsere eigenen Behinderungen sind, die verhindern, dass wir zuerst einmal den Menschen im Gegenüber erkennen – einfach.

„Die Türe zu mir ist also jetzt offen.
Welch ein Glück, welch ein Geschenk.
Ich bin sehr glücklich und dankbar,
das Warten all die Jahre hat sich gelohnt."

Lilly, 15. Januar 2022

Brigitte Meier-Sprinz und Dr. Andreas Sprinz
Kempten, im Dezember 2022

AFFILIATIONEN ZUM NACHWORT

Mia Praxis für Musiktherapie und Instrumentalpädagogik
zert. Musiktherapie DMTG
Haubensteigweg 19
87439 Kempten
Fon   +49 831 96 07 61 - 70
Mail: info@musik-therapie-kempten.de
Web: www.musik-therapie-kempten.de

Dr. med. Andreas Sprinz
Facharzt KJM, SP Neuropädiatrie
Sprecher Kommission Versorgungsstrukturen Gesellschaft für Neuropädiatrie (GNP)
Mitglied im erweiterten Vorstand GNP

Dienstadresse:
ZiNK – Zentrum für interdisziplinäre Neuropädiatrie Kempten
Schwerpunktpraxis Epileptologie (DGfE)
Interventionelle Neuromodulation (ZEBRA)
Sozialpsychiatrische Versorgung (§ 85 SGB V)
Haubensteigweg 19
D-87439 Kempten

Fon Sekretariat   +49 831 96 07 61 - 10
Fax Sekretariat   +49 831 96 07 61 - 90
Mail: a.sprinz@zin-k.de
Web: www.zin-k.de

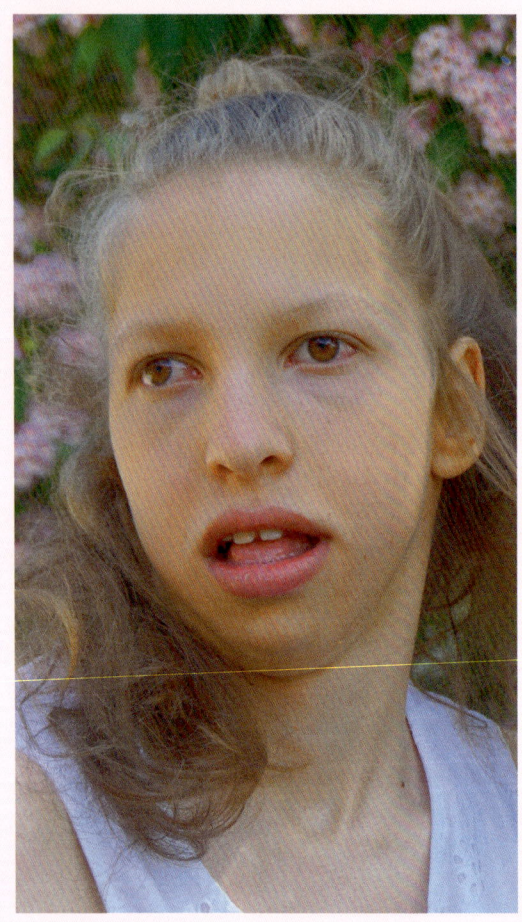

Ich bin sehr stolz, ein Buch mit meinen Geschichten in den Händen zu halten. Es ist für mich so unbeschreiblich schön.

Ich möchte gerne allen Danken, die mir dabei geholfen haben.

Am allermeisten aber meiner Mama, die stundenlang, Wort für Wort in unzähligen Stunden für mich aufgeschrieben hat.

Meiner Familie, die mich immer so angenommen hat wie ich bin, mit allen Schwierigkeiten. Ich will ihr Danke sagen für alles, was sie für mich getan haben. Es ist immer die Liebe, die mein Herz glücklich sein lässt.

Michaela, Nicola und Amelie möchte ich danken, die mein Buch mit Farbigkeit gestaltet haben.

Michael, der nicht ungeduldig mit uns geworden ist, obwohl wir dauernd etwas geändert haben.

Andreas und Brigitte möchte ich für das Nachwort ganz herzlich danken.

Allen, die mich mit ihrem Zuspruch bestärkt haben, ein Buch aus meinen Geschichten zu machen.

♥ Nicht zuletzt bekommt Sarah ein großes Dankeschön von mir, sie hat das Buch in eine schöne Ordnung gebracht.♥

Den beiden Lektoren Alex und Michi, die nochmal alles durchgelesen haben, ob auch alles stimmt, bekommen einen großen Dank von mir.

Lilly, Oktober 2023

Diese Bücher sind Fundgruben von besonderen Geschichten für besondere Menschen: Geschichten zum selbst lesen oder zum Vorlesen. Geschichten die zum Nachdenken anregen – geschrieben und gesammelt für Menschen, die sich gerne auf einfache und nachhaltige Weise berühren und inspirieren lassen.

Seit jeher versammeln sich Menschen am Lagerfeuer um Geschichten zu erzählen, Erlebnisse zu teilen und den Tag friedvoll abzuschließen. Die Geschichten mit den begleitenden Fragen in diesem Buch sollen Anregung für einen intensiven Dialog sein – am besten an einem Lagerfeuer.

Gabriele Steinbach
Kurze Geschichten am Lagerfeuer
96 Seiten, Fotos und zahlreiche Zeichnungen, 9,80 Euro
Auch als eBook erhältlich

SINN-VOLLE GESCHICHTEN 1+2+3

Gisela Rieger

**77+88+99=264 Weisheiten,
Erzählungen und Zitate,
die berühren und inspirieren.**

**3-er Pack mit den „Sinn-vollen Geschichten"
Bände 1, 2 und 3**
mit 15 % Ersparnis gegenüber dem Einzelkauf!
24,99 Euro

*Jedes Buch kann auch separat für
9,80 Euro erworben werden.*

BESTELLUNGEN UND INFORMATIONEN
www.ziel-verlag.de